목마 퓨전 판타지 장편소설
WISHBOOKS FUSION FANTASY STORY

15

목마 퓨전 판타지 장편소설

초판 1쇄 찍은 날 | 2020년 8월 20일
초판 1쇄 펴낸 날 | 2020년 8월 27일

지은이 | 목마
펴낸이 | 예경원

기획 | 위시북스
편집책임 | 이은송
편집 | 위시북스

펴낸곳 | 예원북스
등록번호 | 제396-2012-000132호
등록일자 | 2012. 7. 25
KFN | 제1-554호

주소 | 경기도 고양시 일산동구 호수로 646-24 위너스21Ⅱ빌딩 206A호 (우)10401
전화 | 031-819-9431 팩스 | 031-817-9432
E-mail | yewonbooks@naver.com

ISBN 979-11-365-3731-7 04810
       979-11-6424-342-6 (set)

Wish
Books

무공을 배우다

15

목마 퓨전 판타지 장편소설

WISHBOOKS FUSION FANTASY STORY

CONTENTS

1장
적어도 하나는

상상할 수 있는 최악.

근거는 충분히 있었다. 헌드레드가 혈족 권능까지 손에 넣었다면, 암막의 주인을 제압해 포식하는 것은 그리 어렵지 않았을 것이다. 혈사자와는 달리, 헌드레드는 암막의 주인을 죽이지 않을 이유가 없다. 그렇다면 어떻게 대비해야 할까.

백현은 헤루샤가 사라진 방향을 보았다. 이미 그녀는 저만치 달아나 보이지 않았다. 서둘러 쫓고자 한다면 아직 늦지는 않았을 테지만……. 백현은 그러지 않았다.

위험 부담도 있고, 상황이 뚜렷하지 않다. 여기서 무턱대고 헤루샤를 쫓았다가 함정으로 이끌릴 위험성은 배제할 수 없었다.

[그 안개는 분명 암막의 주인의 것이었어.]

떠올린 최악에 대해 알려주자, 봉제 인형은 진지한 목소리로 대답했다.

[하지만 정보가 너무 부족해. 안개는 분명 암막의 주인의 권능이지만, 다른 권능들…… 널 공격한 수법은 특별하다 할 것은 아니었지. 어쩌면 그것조차도 암막의 주인의 것이었을 지도 몰라.]

아마 아닐 테지만. 봉제 인형이 중얼거렸다.

[계시자, 그, 테베스라는 놈. 난 놈을 살펴봤지만, 놈의 계약에서 암막의 주인과 본래 맺었던 계약은 남아 있지 않았어. 그 시점에서 놈은 허구의 신앙을 위한 계약을 맺고 있었고, 놈에게 부여된 권능은 헌드레드나 유계의 방랑자의 것이었지.]

"그렇다면, 결국 헌드레드가 암막의 주인을 포식했다는 거네요."

[거의 그렇다고 봐야지. 만약 그런 것이라면 상황은 최악이야. 헌드레드의 힘은 이제 가늠하기 힘들 정도가 되었을 테니말이야.]

봉제 인형이 투덜거렸다.

[유계의 방랑자, 혈사자, 암막의 주인. 당장 놈이 처먹은 신격만 해도 셋이야. 유계의 방랑자는 신격이 상실되었다지만, 권능은 모조리 자기 것으로 삼았겠지. 거기에 대신격인 혈사자와 그에는 못 미치더라도 신격인 암막의 주인…… 지금의

놈이라면 나로서도 승리를 확신하지 못할 정도일걸?]

"왜 역천자가 헌드레드에게 그렇게까지 힘을 퍼주는 것인지 모르겠어요."

[써먹기 좋아서? 쉽게 생각하면 그쪽이지. 그보다, 이제 어쩔 거야? 놓쳐 버렸잖아. 아니, 정확히 말하면 놓아줬다고 해야 하나?]

봉제 인형이 고개를 갸웃거리며 물었다.

"잡아 족칠 걸 그랬나요?"

[아니. 그냥 보낸 것도 나쁜 선택은 아니었다고 생각해. 강신을 감행한 것이 암막의 주인인지, 아니면 헌드레드인지는 모르겠지만…… 갑작스레 강신까지 한 것을 보면 널 경계하고, 어떻게든 네게서 벗어나고 싶어 했던 거야. 확실한 건, 널 죽이는 것이 목적은 아니었다는 거지.]

강신 직후 헤루샤의 목적은 백현과 싸우는 것이 아니라, 이 장소를 벗어나는 것이었다.

백현은 아직 남아 있는 헤루샤의 팔을 들어 올렸다.

[거기서 더 몰아붙였을 때, 무슨 일이 벌어졌을지는 모르지만…… 아마 쉽지는 않았을 거야. 이곳은 역천자의 결계 안이야. 무슨 일이 벌어질지 모른다는 거지. 그런 상황에서 놈을 잡으려 드는 것은 너무 큰 모험이야.]

백현은 헤루샤의 팔을 이리저리 살펴보았다. 헤루샤 스스로 뜯어낸 팔.

강신 직전에 그녀가 내뱉던 원망 섞인 저주를 떠올리면, 백
현과 접촉한 것부터가 헤루샤의 의지는 아니었다. 그녀는 자
의와 상관없이 섬기는 군주의 강압적인 명령에 따라 백현과 접
촉했다.

그렇게 생각하면 헤루샤의 처지가 안쓰럽기도 했지만.

'뭐 어쩌겠어.'

백현은 쩝 입맛을 다시며 헤루샤의 팔을 던져두었다.

처지가 안쓰럽다고 해도, 백현이 신경 쓸 일은 아니었다.

"알고 있습니까?"

자는 척이라도 할 것을 그랬나. 그렇다고 이제 와서 자는 척
을 하는 것도 늦었다.

해리는 낮게 헛기침을 하며 고개를 돌렸다. 그리 신경 쓰고
싶지 않지만, 보면 볼수록…… 거슬린다.

하지만 누가 뭐라 할 수 있을까? 이 방의 주인은 드레이브
다. 방 안을 어찌 꾸밀지는 결국 주인인 드레이브의 마음인 것
이다. 저걸 자기애(自己愛)라고 해야 할까, 아니면 독실한 신앙심
의 발로라 여겨야 할까.

해리는 커다란 영화 포스터와 영화의 흥행에 잇달아 발매된 관련 굿즈들로 꾸며진 풍경을 애써 무시했다.

'자기애보다는 신앙심이겠지.'

드레이브가 주연으로 출현한 영화라고는 하지만, 저 영화는 헌터이자 사도인 드레이브의 일대기라기보다는 그가 퓨어세인트의 사도로서 종교를 전파해 세상을 구원한다는 히어로 무비이자, 종교 영화의 색채도 띠고 있었다. 덕분에 관련 굿즈들도 종교적 물건이 많았다.

"뭘 말이에요?"

거슬리는 것들을 무시하며, 해리는 방긋 웃으며 물었다.

의자에 앉아 책을 읽고 있던 드레이브는 힐긋 시선을 들어 해리를 보았다.

해리는 반사적으로 앞머리를 정돈했다. 백현에게 쥐어박힌 그의 이마는 아직도 혹이 남아 있었다.

"아마존에는 꽤 많은 원주민이 살고 있습니다."

"……그야 그렇겠죠. 엄청 넓잖아요?"

놀랄 것도 없는 이야기다. 지구의 허파라 불리는 그 거대한 밀림에는 현대 문명을 거부하고 살아가는 원주민들이 많다.

"무지하고 야만적인 자들입니다."

드레이브는 피식 웃으면서 보고 있던 책을 덮었다. 뭘 보고 있는가 했더니, 최근에 발매된 퓨어세인트의 교전(敎典)이었다.

드레이브가 직접 썼다는 저 교전은 각국의 베스트셀러 기록을 갈아치우면서 불티나게 팔리고 있었다.

"하긴, 그러지 않았다면 그 척박한 오지에서 원시적인 삶을 살지도 않겠지만."

드레이브는 그렇게 말하며 덮은 책을 손으로 가리켰다.

"내가 그들을 경멸하고, 안타깝게 여기는 이유는. 그들이 참된 신앙에 깨어 있지 않다는 겁니다."

"……아, 예."

"뭐, 이해하지 못할 일도 아닙니다만. 정글에서 짐승이나 사냥하고 풀이나 캐 먹던 자들이 참된 신을 어찌 자각하고 있겠습니까? 그들의 신앙은 대부분이 토착적이고 낡아빠졌습니다. 재규어나 뱀 같은, 정글의 흉포한 짐승들을 신으로 섬기는 것이 그들의 어리석은 신앙이죠."

"그래서. 우리는 선교 활동을 위해 아마존에 가고 있는 건가요?"

해리는 떨떠름한 표정을 지으며 물었다.

베이징에서 돌아온 직후, 드레이브와 함께 아마존으로 가게 되었다. 솔직히 정말, 정말 가고 싶지 않았다. 드레이브와 단둘이 아마존에 가는 것까지는 참을 만했지만, 백현도 아마존으로 향했다는 소식 때문이었다.

"그것도 목적의 하나라고는 할 수 있죠."

드레이브는 교전을 섬세한 손길로 어루만지며 말했다. 이 교전이야말로 드레이브에게 있어서는 세상을 구원하고 무지한 불신자들을 계몽시키는 성서였다.

비록 교전을 적은 것은 드레이브였다 해도, 그는 퓨어세인트의 손을 대신해 교전을 적은 것이었다. 먼 미래에 퓨어세인트의 교전은 지금의 성경의 자리를 대신할 것이고, 드레이브의 이름은 이 세상에 처음으로 신의 말을 전한 성인으로 기억될 것이다. 드레이브는 그렇게 될 것을 믿어 의심치 않았다.

"하지만 계몽이 목적의 전부는 아닙니다. 내가 가장 원하는 것은 불신자의 징벌입니다."

"징벌?"

"짐승이나 숭배하던 원주민의 낡아빠진 신앙이 지금은 추악하게 변질되었으니까요. 그들은 어비스를 숭배하고 있습니다."

드레이브의 목소리에 숨길 수 없는 경멸이 섞였다.

"몬스터와 그를 낳는 어비스 그 자체를 신이라 생각하고 있어요. 그게 악마 숭배와 다를 것이 무엇입니까. 그에 심취한 자들은 계몽보다는 정화해야 할 이단입니다."

어비스 숭배는 아마존 원주민들의 토착 신앙을 집어삼켜 버렸다.

어쩔 수 없는 수순이었다. 아마존에 있는 다섯 개의 어비스는 매달 몬스터를 쏟아낸다. 원주민들이 보기에 어비스라는 거대한 구멍은 신과 다름없는 존재였다. 몇몇 과격한 부족은 몬스터를 토벌하기 위해 찾아온 헌터들을 적대해 공격하기도 했다.

"마침 딱 좋은 기회지 않습니까. 지금의 아마존은 그 안에서 '무슨 일'이 벌어져도 상관없는 곳입니다. 몇 개나 되는 부족이 떼 몰살을 당한다고 해도, 누구 하나 신경 쓰지 않을 겁니다."

[거짓말.]

'거짓말.'

하이로드도, 해리도. 동시에 그렇게 생각했다. 고작 그런 이유로 이렇게 갑작스레 아마존으로 향한다고? 마침 딱 좋은 기회. 그것도 우스운 변명으로밖에 들리지 않는다. 언제부터 드레이브가 그런 기회를 노렸단 말인가?

세상에 드러난 드레이브는 독실한 퓨어세인트의 신자이자 첫 번째 사도. 드레이브라는 이름에 악행은 묻어 있지 않다.

그는 자신이 벌어들이는 천문학적인 돈들로 퓨어세인트 재단을 설립, 어비스에서 죽은 헌터의 유가족과 빈국(貧國)의 기아, 불치병 환자 등 '가여운' 자들을 무상으로 지원하고 있다.

해리는 드레이브가 결코 선한 인물이 아니라는 것을 잘 알고 있었다.

드레이브가 벌인 무수한 악행들. 흑장미여왕과 계약한 헌터들을 찾아가 살해한 것뿐만이 아니다.

공개적으로 퓨어세인트를 비판한 자 중 드레이브가 죽이고, 해리가 수습한 건만 해도 셀 수 없이 많다.

어비스를 신앙하는 원주민의 떼 몰살? 특별할 것도 없는 일이다. 어비스를 신앙하는 사이비 종교는 아마존뿐만이 아니라 세계 곳곳에 암약하고 있었고, 그중 상당수가 드레이브에 의해 이단이란 이유로 살해되었다.

물론 세상 사람들은 그런 일들을 알지 못한다. 하이로드의 정신 조작은 지저분한 일을 숨기는 것에 탁월하다. 원주민 떼 몰살쯤, '적절한 시기'를 고를 것도 없이 하고자 한다면 언제고 벌일 수 있는 일이다.

"아…… 물론. 그게 전부는 아니죠. 원주민의 어비스 신앙을 떠나, 정글에 숨은 팔로워와 마타도르는 부정할 수 없는 악이고 오물입니다. 평화를 위해서는 반드시 처단해야 합니다."

드레이브는 빙긋 웃으며 다시 교전을 펼쳤다.

듣기 좋은 이유다. 하지만 해리와 하이로드는 그 말을 마냥 믿지 않았다. 세상의 평화라는 빛 좋은 개살구 뒤에 어비스 신앙이라는 이단 종교의 척살을 숨겼다.

그마저 눈속임. 다른 무언가가 더 있다.

하지만 하이로드도, 해리도 드레이브의 진짜 목적에 대해 캐묻지 않았다. 그들에 대한 불신은 마신의 씨앗을 은폐했다는 것으로 깊이 새겨져 있다.

대놓고 캐묻는 것은 퓨어세인트와 하이로드의 동맹의 근간을 뒤흔든다. 그러니, 묻지 않는다. 불신은 드러내지 않고 깊이 숨긴다.

하이로드는 더 이상 퓨어세인트를 믿지 않는다. 마신과 손을 잡은 순간부터 퓨어세인트는 하이로드가 통제할 수 없는 존재가 되었다.

[하지만 역린은 유효하죠.]

하이로드가 중얼거렸다.

당장은 드레이브와 퓨어세인트의 의심을 드러내지 않는다. 곁에서 관측하고, 상황을 살핀다.

줄을 바꿔 잡을 생각이 없느냐던 제안. 그에 대한 대답은 미뤄두었다. 정말 바꿔 잡아야 할 순간이 온다면, 주저 없이 바꿔 잡을 셈이다.

마침 아마존에 백현도 와 있다. 다른 사도들이 포함된 조사단은 아직까지 아마존에서 이렇다 할 성과를 내지 못했다.

백현은 상식에 얽매이지 않는다. 그것도 좋게 말해서 그 정도이지, 사견을 섞어 말한다면 무식하고 거침없다.

그가 아마존에 간 이상 탐색은 급물살을 탈 것이다. 그리고 분명, 머지않아 무언가가 일어날 것이다. 그것도 아주 크게.

퓨어세인트는 그 뭔지 모를 일을 어렴풋이 추측하고 있는 걸까. 그래서 직접 사도를 보내 아마존에 가는 것인가?

해리는 창밖을 돌아보았다. 황금색으로 빛나는 선체가 보인다. 황금색으로 빛나는 배. 드레이브는 이걸 '방주'라고 부른다.

지금 해리는 드레이브의 방주에 올라, 드레이브와 그의 길드인 헤븐스도어의 길드원들과 함께 아마존으로 날아가고 있었다.

방주와 길드원까지 동원한 것을 보면, 퓨어세인트와 드레이브에게 무언가 다른 목적이 있음은 틀림없다.

[걱정보다는 기대가 크군요. 안 그렇습니까?]

하이로드가 설렌 목소리로 물었다.

[대체 무슨 일이 벌어질지 말입니다.]

해리는 대답하지 않고 의자에 몸을 묻었다.

아직까지 혹이 나 있는 이마가 욱신거렸다.

"그러게 말하지 않았나?"

역천자는 끌끌 웃으면서 말했다.

"나는 분명 그리 하지 말라 경고했네. 그는 보기와는 다르게 아주 어리석지는 않거든. 몸 쓰는 것이 능하다고 머리가 어리석다는 것은 너무 낡은 편견이지. 안 그런가?"

[애당초 속여 넘길 생각도 없었어. 흥분해서 쫓아와 주기를

바랐는데…… 설마 쫓아오지도 않을 줄이야.]

"누구나 경험에서 무언가를 배우는 법이지. 특히 '실패'에서는 아주 많은 것을 배울 수 있다네. 그는 무턱대고 따라오다가 한 번 죽기까지 하지 않았나. 신중함을 학습해도 이상하지 않을 일이지."

역천자의 말에 헌드레드는 쩝 입맛을 다셨다.

[차라리 도발을 할 걸 그랬나?]

"자네는 너무 성급해. 그럴 이유가 없는데 말이야."

[성급한 것은 인정하지만, 그럴 이유가 없지는 않잖아. 놈은 너무 큰 변수야. 난 오히려 당신이 이해가 안 돼. 왜 놈을 내버려 두는 거지?]

"변수가 무조건 나쁜 것은 아니니까."

역천자는 느긋이 말하면서 손의 깍지를 꼈다.

"오히려 상황적으로 그는 나쁠 것 없는 변수라네. 백현이 있기에 조사단은 보다 적극적으로 파고 들어오겠지. 백현도 가만히 있지는 않을 테고. 그가 얼마큼 날뛰어줄지는 아직 모를 일이나, 그가 변수로 있음으로써 혼란해지는 것은 분명한 일 아닌가?"

[흠, 이해할 수 없는 말이군. 난 일단 당신을 따르고 있지만…… 당신의 속내를 잘 모르겠어. 죽일 수 있을 때 죽이는 것이 편하지 않나?]

"무조건 죽이는 것이 답이 아니라는 걸세. 난 여전히 그를 계몽시키고, 함께하기를 갈망하네."

[놈이 마음에 들어서? 친근해서?]

"이유 중 하나지. 전부는 아니지만. 자, 헌드레드. 자네는 그가 우리의 적이라고 생각하나?"

[아군은 아니지.]

"그래. 아군은 아니야. 그리고 적도 아닐세. 그가 우리를 적이라 여기는 것은 상관없어. 중요한 것은, 우리에게 있어 백현은 무조건적인 적이 아니라는 걸세."

역천자는 그렇게 말하며 빙그레 웃었다.

"주역들이 모이고 있네."

역천자는 들끓는 혼돈을 보았다.

"모두 모이면 극이 시작되는 거지. 아직은 누가 적이고 아군인지 모르는 것이야. 그건 상황에 따라 달라지겠지. 그리고 우리는 극을 열 뿐, 상황을 결정하지는 않아. 우리가 그리 할 필요는 없네. 다들 바라는 대로, 하고 싶은 대로 할 테니까. 주역을 맡은 배우들이 훌륭하니, 우리가 나서지 않아도 멋진 흐름이 만들어질 걸세."

그 말에 헌드레드가 킬킬거리며 웃었다. 그는 역천자가 무엇을 벌일지 안다. 그리고 그건, 절대로 막을 수 없다. 바뀌지도 않는다.

[몇이나 죽을 거라고 생각하나?]

헌드레드가 설레는 목소리로 물었다.

역천자는 피식 웃으며 턱을 괴었다.

"적어도 하나는 무조건 죽을 걸세."

[누가 죽을 거라고 생각하지?]

"짓궂은 질문을 하는군."

[궁금하잖아. 설마 나인가?]

"아니. 자네를 생각하고 대답하지는 않았어."

[그럼 누구?]

헌드레드가 다시 한번 물었다.

역천자는 천천히 웃으며 대답했다.

"용성군."

무조건.

"그의 죽음은 우리 모두가 볼 수 있을 걸세."

2장
신엄한

[템페스트가 간절한 눈으로 당신을 봅니다.]

[여기, 있으면, 안 돼.]

최근이라 할 것도 없이 '그녀'가 저토록 극성을 부리는 것은 하루 이틀도 아니어서 익숙했다.

하지만, '최근'은 과하다 싶을 정도로 빈도가 늘었다. 결계에 들어오고 나서부터다.

이곳은 무슨 일이 벌어질지 알 수 없는 곳이고, 템페스트가 저렇게 극성을 부리는 것은 당연한 일이다. 그렇지만, 예전만큼 미칠 것 같지는 않았다.

"그걸 누가 몰라?"

물고 있던 담배를 퉤 뱉었다. 새로 담배를 꺼내 물며 서민식은 작은 소리로 투덜거렸다.

그의 앞에는 호센이, 아니, 이제는 호센이라고 할 수도 없는 '정령'이 서 있었다.

정령은 더 이상 호센의 모습을 하고 있지 않다. 한때 인간이었던 그는, 이제는 인간으로서의 형태조차도 유지하지 못한 마력의 덩어리로 영락해 버렸다.

징글맞거나 끔찍하게 느껴지지는 않았다. 안쓰러울 뿐이다. 그리고, 조금은 두렵게 느껴지기도 했다. 저건 서민식에게 예정된 미래의 갈래 중 하나이기도 했다.

"알지만 어쩔 수 없잖아. 위험하다고 물러서면…… 아무것도 안 돼. 너도 이해하고 있잖아."

[하, 지만.]

"물론 무조건 잘될 것이라는 보장은 없지. 하지만 그렇다고 도망쳐 버리면, 될 것도 안 되는 거야."

템페스트의 총애가 예전만큼 미칠 것 같이 여겨지지 않는 것은, 이제는 템페스트와 '대화'가 가능하기 때문이었다.

예전처럼 답신 없는 목소리에 시달리지 않는다는 것만으로도 정신은 쾌적했다.

예비 사도가 되고서, 템페스트는 호센의 몸뚱이를 일종의 의체로 삼았다. 그런 방면에서 템페스트의 능력은 악몽의 결정자보다 압도적으로 떨어졌기 때문에, 의체라고 해봐야 저렇게 뚝뚝 끊기는 대화만 나눌 수 있었지만. 그 정도로도 충분하다.

"피차 시간이 많지 않아. ……그렇지?"

[템페스트가 우울한 눈으로 당신을 응시합니다.]

"그러지 마."

서민식은 킬킬 웃으면서 고개를 저었다. 반쯤 타들어 간 담배가 뿜어대는 연기가 매캐했다.

서민식은 깊이 연기를 빨아들이고, 내뱉었다.

"내가 원했던 일이야. 그러니까, 네가 그런 눈을 할 필요는 없어. ……우리를 위해서니까."

[나, 때문에.]

"너 때문이 아니라니까. ……원인을 따지고 보면 나 때문이지. 그 빌어먹을 '나' 때문에 우리가 그렇게 되었고."

눈앞에 폐허의 참경이 스친다.

서민식은 하던 말을 삼켰다. 굳이 꺼내 좋을 것이 없는 말이다.

"……내가 널 다시 만난 거지. 결국 이건 내 업보인 거야."

그렇게 생각할 수밖에 없었다.

이런 세계에서 태어나고, 템페스트와 재회한 것은 절대로 우연은 아니다. 민약 정말 우연이라면, 이런 식으로 과거의 기억이 잔존하지도 않았을 것이고 템페스트가 서민식을 알아보지도 못했을 것이다.

그러니 업보라고 할 수밖에. 먼 옛날의 죄가 아직도 씻기지 않고 존재 자체에 새겨졌고, 지금의 삶은 그때의 죄를 씻어내기 위한 속죄다.

가당찮다는 생각은 했다. 템페스트의 '사가(死街)'에서 그녀를 처음 만나고, 모든 것을 알게 되었을 때에는 어이없고 억울해서 도저히 받아들일 수가 없었다.

하지만 결국 받아들였다. 죄(罪)는 지울 수 없는 저주가 되었고, 할 수밖에 없었다.

서민식은 담배를 손가락으로 튕기며 몸을 일으켰다. 할 수 있고 없고가 중요한 것이 아니다. 해야 했다.

슬슬 휴식 시간도 끝났다. 서민식은 입에 구취 제거제를 뿌리며 일어섰다.

결계 안에 들어오고 나흘. 지긋지긋한 탐색이 재개되었다.

나흘 동안 쏘다닐 만큼 쏘다녔다고 생각한다.

악몽의 결정자가 말했던 만큼 이곳은 너무 넓었고, 몬스터가 득실거렸다. 조금 과장을 섞어 말하면, 짐승보다 몬스터가 더 많은 것 같았다.

나흘의 탐색은 지겹기는 했지만 몸이 힘들지는 않았다. 그나마 불편한 것은 잠자리 쪽이었다. 결계의 안에서는 천공성을 소환하는 것이 불가능했다.

차라리 아예 어비스를 오가면 되지 않을까 했지만.

'그게 됐으면 탐색이 힘들 게 뭐가 있겠어?'

역천자가 공들여 펼친 만큼, 결계는 무척이나 강력했다. 흐름 자체를 어그러뜨려 놓았기 때문에 어비스로 들어가는 것마저 불가능했다.

아무리 역천자가 대단한 술법가라지만 이것마저 가능한 것이냐는 질문에, 악몽의 결정자는 뾰로통한 목소리로 대답해 주었다.

'무엇을 목적으로 하였는지가 중요한 거야. 까놓고 말해서, 이 결계로 우리를 직접 공격하는 것은 아니잖아.'

결계는 공격 기능이 완전히 배제되어 있었다. 흐름을 통째로 어그러뜨려 놓아, 탐색 마법을 가로막고 어비스를 오가는 것을 불가능하게 만들 뿐. 그런 결계는 탐색의 대상인 이 거대한 정글과 딱 들어맞았다.

"이 정도면 할 만큼 했다고 생각해요."

버너 위에 올린 냄비에서 스튜가 끓는다. 잘 발라놓은 뱀 고기 외에 이것저것 다른 고기들이 들어갔고, 맛은 그럭저럭 나쁘지 않았다.

"나흘 동안 상식적으로 탐색했어요. 별 성과는 없었지만요."

많은 몬스터를 보고, 죽였다. 정작 득실거린다는 고스트와 팔로워는 아직 조우하지도 못했다. 헤루샤도 더 접촉해 오지 않았다.

강신까지 해가며 도주했고, 조만간 다시 습격해 오지 않을까 예상했지만. 어쭙잖은 수로 접촉해 온 주제에 헌드레드는 뒤늦게 신중해진 듯했다.

"주심도 찾지 못했고. 그렇다고 여태까지와 같은 방법으로 탐색을 계속하자니 시간이 얼마나 더 걸릴지도 모르겠고."

혼잣말처럼 하고는 있지만, 듣는 이는 두 명이나 있었다. 사라는 다소곳이 앉아 스튜의 간을 보고 있었고, 봉제 인형은 그 곁에서 팔짱을 끼고 고개를 끄덕거리고 있었다.

[난 말린 적 없어.]

봉제 인형이 대답했다.

[이런 고전적인 탐색 방법을 선택한 건 너야.]

"저쪽이 먼저 접촉해 오지 않을까 생각했으니까요."

[그러고 싶지 않은 모양인데?]

봉제 인형이 어깨를 으쓱거렸다. 백현도 피식 웃었다.

나흘의 유예를 주었다. 그 나흘 동안, 백현은 '평범하게' 정글을 쏘다녔다.

그게 전부였다. 위기랄 것은 전혀 없었고, 솔직히 캠핑이라도 온 기분이었다.

재미는 있었다. 이런 식으로 사라와 단둘이 시간을 보낸 것은 처음이었다. 그런 재미 외에도 나흘은 충분히 가치가 있는 시간이었다.

명계에서 돌아온 후로 쭉 해온 명상. 살령을 사용하며 혈사자를 죽였던 것과 아진의 도움으로 무도의 마왕과 싸웠던 것. 이곳에서 보낸 나흘은 지난 경험들을 마지막으로 관조하는 시간으로 사용했다.

명상은 이제 되었다.

[그래서, 어떻게 할 생각이야?]

"조사단은 어느 쪽이에요?"

봉제 인형이 손을 들었다. 그녀는 자신의 의체가 어디에 있는지를 가리키고서, 백현을 빤히 보았다.

백현은 사라가 건네는 스튜를 사발째로 들이켰다.

"혹시 모르니까 조심하고 있으라고 해요."

[저기 말이야, 이거 조사단 쪽에서도 시도는 해봤거든. 그런데 실패했어. 지난번에도 말했지? 결계의 목적이 무엇인지가 중요한 거라고.]

말은 제지하는 것 같았지만, 실상은 전혀 아니었다. 봉제 인형의 목소리에는 부푼 기대가 가득했다.

[샤나크나 발렌시아는 아무래도 '이런' 쪽의 화력이 부족하지만, 네 친구, 템페스트의 예비 사도 쪽은 아니었단 말이지. 그래도 결국 실패했어. 이 결계는 철저히 방어를 목적으로 만들어진 결계야. 일정 위력 이상의 파괴는…….]

"뻔히 알고서 그러는 건 너무 짓궂지 않아요?"

백현은 피식 웃으며 물었다. 사라는 앞으로 일어날 일을 예상이라도 한 듯 이미 주변 정리를 끝내두었다.

백현은 손목 관절을 꺾으면서 몸을 일으켰다.

"민식이를 무시하려는 건 아니지만."

백현은 천천히 손을 들어 올렸다.

우우우우!

발밑에서 올라온 어둠이 백현의 몸을 집어삼켰다. 마왕의 인장이 내뿜는 순수한 마기와 파천신화공의 포악한 내공이 뒤섞인다.

그리 만들어진 파천강기는 더 이상 불완전하지 않았다.

"나랑은 '화력'이 다르잖아요."

[멋져.]

봉제 인형은 진심으로 감탄했다. 이전에도 도저히 인간이라 여겨지지 않을 만큼 강했지만, 지금은 그마저도 뛰어넘었다.

백현의 파천강기는 마왕이 뿜내는 마기와는 전혀 다른 성질의 폭력으로 완성되었다.

서민식은 이런 쪽의 화력이 부족하다고 했다. 이 결계는 철저하게 방어를 목적으로 만들어졌고, 일정 수준 이상의 파괴는 자체적으로 '죽여' 버린다. 직접 확인한 것은 아니지만, 굳이 시험해 볼 필요는 없었다.

'보인다.'

백현이 파천강기를 끌어내자, 어그러진 결계의 흐름이 일제히 준동한다. 쏘아낸 공격은 '적당한' 파괴만 이뤄내고, 그 이후는 요동치는 흐름에 휩쓸려 사라져 버리게 된다.

과연, 철저하게 방어를 목적으로 완성된 결계라 할 만하다. 역천자의 결계술은 신격 중에서도 독보적이라더니, 제 성역도 아닌 곳에서 이만한 성능의 결계를 만들고 유지하다니.

그렇게까지 정성을 들였다고 하니 즐거운 기분이 되었다.

'부술 맛이 나겠어.'

쿠구구구궁!

공간이, 흐름이, 모든 것이 뒤흔들린다. 들썩거리던 지면이 천천히 주저앉기 시작했다. 백현의 손에 모인 파천강기가 계속해서 응축된다.

쭉 뻗은 손을 중심으로 일그러짐이 번져 나간다. 슬슬 뻗은 팔이 뻐근해진다.

백현은 미련 없이 손을 휘둘렀다.

기술이라고 할 것도 없었다. 그냥, 최대한 힘을 끌어모은 뒤 쏘아내는 것뿐이다.

무식하기 짝이 없는 공격이지만 위력은 대단했다.

콰르르릉!

세계가 부서지는 것 같은 소리가 났다. 파천강기가 뿜어진 곳에 있는 모든 것이 파괴되었다. 정글 한복판에 시커먼 선이 그어졌다.

[꺄아!]

봉제 인형이 신난 목소리로 웃는다.

백현은 반대편 손을 들어 올렸다. 그새 파천강기가 왼손을 뒤덮었다.

방금의 파괴를 받아내며 요동치던 흐름이 더 이상의 파괴를 허락지 않겠다는 듯 이쪽을 향해 몰려온다.

싱거운 저항이었다. 왼손을 휘둘러 뿜어낸 파천강기가 흐름을 정면에서 엉클며 정글을 뒤흔들었다.

끔찍한 폭음에 사라는 양 귀를 틀어막았고, 봉제 인형은 붕 떠올라 큰 소리로 웃어댔다.

[그래! 다 부숴 버리는 거야!]

그렇게 조르지 않아도 그럴 생각이었다.

백현은 사라를 향해 손을 뻗었다. 귀를 틀어막고 있던 사라는 눈썹을 찡그리며 백현의 손을 잡았다.

"이래도 되는 거야?"

"안 될 건 또 뭐야?"

사라는 어이가 없다는 표정으로 물었고, 백현은 히죽 웃으며 대답해 주었다.

백현은 사라를 보호하듯 품에 살짝 안은 뒤, 잠시 동안 자신이 만들어낸 파괴를 감상했다. 간간이 몬스터의 사체 따위가 보였다. 신경 쓸 만한 것은 아니었다.

또다시 흐름이 요동친다. 정면에서 엉클어주었는데, 주심이 멀쩡한 탓인지 결계는 굉장히 튼튼했다.

덕분에 더 의욕이 생겼다. 엉클어 버리는 것으로는 부족하다는 거지.

집중된 심안이 흐름 전체를 본다. 이전의 화력으로도 부족했다면. 아예 찢어발긴다.

또다시 파천강기가 응집된다. 백현은 심안에 집중하여 결계의 흐름이 '어떻게' 대응하는지를 보았다.

이만큼 거대한 흐름이 방어를 목적으로 움직인다. 제아무리 잘 만든 결계라고 해도, 저만큼 거대한 흐름을 하나의 목적으로 움직인다면 어쩔 수 없는 틈이 생길 수밖에 없다.

물론 그렇게 드러나는 틈은 굉장히 '좁다'. 저 좁은 틈으로는 도저히 길을 볼 수가 없다. 그렇다면 틈을 억지로 비틀어 벌리는 수밖에.

어디를 노려야 할지를 안다면 고민은 필요 없다.

백현은 주저하지 않고 자신이 벌일 수 있는 가장 큰 파괴를 시작했다.

강렬한 의념이 실린 파천강기가 시커먼 구름이 된다. 번지며 앞으로 나아간 흑운이 흐름을 개변한다.

아까처럼 무식한 공격이 아니었다. 흐름의 개변 방향을 계산하고, 천의무봉까지 가미했다.

흐름의 개변이 백현에 의해 조작된다. 비틀려 튀어 오르는 흐름이 강제적인 힘에 의해 붙들린다.

그것을 다시 비튼다. 도저히 더 비틀리지 않을 만큼, 비틀고 비틀다 못해 튀어나가기 직전까지. 필연적인 붕괴에 위력을 더한다.

단순히 무너져 내리는 것이 아니라, 깨져 박살 나는 것으로 '완성된다'.

그게 파천이다. 영겁에 걸쳐 일어날 것 같은 파괴는 실상 찰나로 끝나 버린다.

방어를 목적으로 하여 완성된 결계는 그 순간 '죽었다'.

물론 주심은 건재하기에 결계는 머지않아 다시 소생한다. 하지만 이미 '틈'은 완전히 열렸다. 결계의 흐름을 무엇이 주도하는지 보았다.

"다섯 개."

미친 새끼. 백현은 어이가 없어서 헛웃음을 흘렸다.

그는 사라를 품에 꽉 안고, 봉제 인형을 붙들어 잡았다. 그러고는 여전히 죽은 결계를 전속력으로 관통했다.

"구멍."

주심이라고 하길래 거대한 건축물 따위를 상상했다.

전혀 달랐다. 이 결계를 유지하는 주심은, 역천자가 인위적으로 만든 건축물이 아니었다. 이미 몇 년 전부터 이 정글에 존재했던 것.

그렇다면 놈은 그때부터 준비했다는 걸까.

"어비스가 주심이에요."

[미친놈.]

봉제 인형도 백현의 말에 동감했다.

설마 어비스 자체를 주심으로 삼을 줄이야. 그렇다면 주심을 강제로 무너뜨리는 것은 불가능에 가깝다. 주심을 무너뜨려 결계를 해제한다는 것은 아마존에 있는 어비스 자체를 지워 버려야 한다는 뜻이다.

[설마, 그것도 해보려는 건 아니겠지?]

"일단 가보기라도……."

거리는 꽤 되었지만, 결계가 아직까지 멈춰 있는 탓에 방향은 놓치지 않는다. 그렇다면 거리의 멀고 짧음은 중요하지 않다. 질풍신뢰를 쓰지 않는다 해도 백현의 최속은 번개처럼 빠르다.

그러니 일단 가본다. 결계의 주심이 된 어비스를 직접 확인하고, 그 뒤에 이걸 어찌 다뤄야 할지를 고민할 생각이었다.

하지만 도착하기 전에.

"살법(殺法)."

신력을 띈 희뿌연 안개가 몰아쳤고.

"천라지망(天羅地網)."

신엄(神嚴)한 속삭임이 백현을 붙잡았다.

3장
칼춤

정면에서 넓게 퍼져서 덮쳐온 안개가 풍경을 뒤덮었다.

살법, 천라지망.

들린 목소리는 분명 헤루샤의 것이었지만, 목소리에 실린 신엄함은 결코 인간의 것이 아니었다.

암막의 주인, 어쩌면 헌드레드. 나흘 전의 접촉 이후로 쭉 나타나지 않던 놈이, 이제야 급습해 왔다.

백현은 속도를 멈추지 않았다. 그는 더욱 빠르게 가속하며 앞으로 쏘아져 나갔다. 빠르게 퍼진 안개는 이미 주변을 가득 채웠다.

[조심해.]

봉제 인형의 목소리에 들뜸이 사라졌다.

백현은 왼손으로 사라를 꽉 붙들어 안고 오른손을 뻗었다. 그 손에서 파천강기가 쏟아지는 것보다 헤루샤의 공격이 빨랐다.

파바바박!

안개 너머에서 무수히 많은 공격이 쏟아졌다. 셀 수 없이 많은 굵직한 사슬들이 백현의 팔을 붙잡으려 들었다.

백현은 뻗은 손을 꽉 쥐었다.

꽈앙!

내리찍은 주먹이 사슬들을 모조리 튀어 오르게 만들었다.

그것뿐이었다. 사슬은 분쇄되지 않았다. 철그럭거리는 금속음이 사라지고 사슬이 안개가 되어 무너졌다.

백현은 빠르게 주변을 훑어보았다. 심안으로 간파되지 않는다. 방금 전 일시적으로나마 '죽였던' 결계와 비슷했다.

아니, 오히려 더했다. 넓은 지역을 포괄하던 결계가 오직 백현에게만 집중되었다.

"이게 뭔지 알아요?"

[정확히는 몰라. 하지만 이 결계는 암막의 주인이 권능이야.]

감각이 먼 곳을 보지 못한다. 포착할 수 있는 것은 자기 자신과 일정한 주변뿐.

스멀거리는 안개가 불길하다. 희뿌연 회색의 안개는 죽음을 연상시켰다.

백현은 아래를 힐긋 보았다. 안개가 너무 짙어 아래가 보이지 않는다.

백현은 시험 삼아 강기를 아래로 쏘아내 보았다. 하지만 강기는 지면에 떨어지지 않고 안개 너머로 사라져 버렸다.

[암막의 주인의 권능만 섞인 것은 아닌 것 같지만.]

악몽의 결정자가 중얼거렸다.

우우우!

안개 너머에서 알 수 없는 울음소리가 들려온다. 완전히 간파는 불가능하다지만 최대한 감각을 곤두세운다.

백현은 품에 안은 사라를 놓아주었다. 사라는 백현과 눈이 마주치자 살짝 고개를 끄덕거렸다.

백현은 먼저 앞으로 나아갔다. 배후가 뜨겁고, 차갑다. 힐끗 보니 사라가 백설염화천무에 휘감겨 상황을 살피고 있었다.

백현은 사라에 대한 걱정은 덜어놓았다. 그녀는 백현이 일일이 챙겨줄 만큼 약하지 않다. 만약 사라의 목숨을 조심해야 할 상대라면, 백현도 조심해야 할 상대인 것은 마찬가지였다.

푸확!

안개가 걷혔다. 튀어나온 것은 면전 가득 웃음을 짓고 있는 헤루샤였다.

몸뚱이만 그럴 뿐이다. 두 눈 가득한 광기는 몸뚱이를 차지한 추악한 존재의 일면을 보여주었다.

백현은 심드렁한 눈으로 손을 휘저었다. 뭉텅이가 된 파천강기가 손짓에 따라 안개를 찢는다.

그 직전에 헤루샤의 몸이 안개로 무너져 내린다. 백현은 슬쩍 몸을 뒤로 빼며 사라를 향해 손을 들어 올렸다. 도와주지 않아도 된다는 뜻이었다.

슬슬 눈이 안개에 익숙해지고 있다. 백현은 밀도 높은 안개의 흐름이 점점 좁혀져 오는 것을 보았다.

백현의 양손이 위로 들렸다. 사방으로 쏘아낸 강기가 '막히는' 곳. 안개가 좁혀질수록 이쪽의 행동이 제약된다.

그리고 헤루샤는 그에 구애받지 않고 자유롭게 움직이고 있다.

백현의 입술이 비틀렸다.

"날 죽이려는 게 아니구나."

의도는 파악했다. 공들인 기습이다 싶었지만 백현을 죽이기에는 부족해도 너무 부족했다. 목적은 역시 시간 끌기일까?

아니면…… 백현의 몸이 파천강기에 휘감겼다. 시간을 끄는 것이 목적이라면 어울려 줄 생각은 없다.

백현의 발이 앞으로 나아갔다. 그의 발이 하늘을 디뎠을 때, 검은 전류가 폭사했다.

절제하지 않은 파천강기가 천라지망의 안에서 작렬했다. 쩍쩍 갈라지는 파천강기의 번개 사이에서 날붙이의 빛이 번쩍였다.

주변 가득한 안개가 암기가 되어 백현을 통째로 휘감았다. 질풍신뢰로 빠져나갈 만한 공격은 아니었다.

명령도 하기 전에 흑천이 암기를 걷어냈다. 백현의 몸이 아래로 추락했다.

점점 좁혀오는 거대한 흐름이 백현의 발을 받아냈다. 백현은 흐름을 걷어차며 위로 튀어 올랐다.

끼기긱!

작디작은 금속음, 놓칠 정도로 작지는 않다. 갑자기 나타나 휘감아오는 사슬을 역으로 낚아챘다.

그대로 당겨 버리니 무언가가 딸려왔다. 시커먼 가면을 쓴 거인이었다. 놈은 사슬을 쥔 손을 놓지 않으며 반대편 손에 쥔 단검으로 백현을 찌르려 들었다.

'거인?'

암막의 주인의 권속인가? 아니면 혈사자의?

백현은 사슬을 더 강하게 당기며 몸을 던졌다. 속도를 실어 내지른 두 발이 거인의 가슴을 걷어찼다.

피를 뿜으며 날아간 거인의 몸이 사람의 크기로 줄어들었다. 안개 너머로 사라진 시체는 거인이 아닌 사람이었다.

[혈사자의 무한전이 섞였어.]

악몽의 결정자의 목소리가 머릿속에 들려온다. 하지만 무한전처럼 사도에게 거인들의 힘을 집중시킬 수는 없다. 그것을 가능케 하는 바알의 모조품은 백현이 취했고, 진짜 바알은 혈사자와 함께 소멸했다.

쿵쿵거리는 발소리들이 다가온다. 다수의 거인들이 안개를 뚫고서 몸을 드러냈다. 백현의 눈이 보다 붉게 물들었다.

굳이 죽지 않아도 될 목숨들이 더 죽어 나갔다. 그들을 죽이는 것은 허무할 정도로 쉬웠다. 그럼에도 불나방처럼 날아든다.

안개는 흩어지고 뭉치는 것을 반복하며 좁혀온다. 그러한 천라지망은 백현에게 아무런 의미도 갖지 못했다.

살법 천라지망.

카르파고의 무한전과 똑같다. 아무리 사도라고 해도 결국은 인간이고, 신격의 제대로 된 힘을 감당할 수 없다.

그렇기에 '나눈다'. 정식 사도들이 자기만의 길드를 이끄는 것은 그런 이유다.

혈사자가 직접 강신하지 않은 탓도 있기는 했지만, 무한전을 썼을 당시의 카르파고는 백현을 조금도 몰아붙이지 못했다. 지금도 다를 것은 없다.

혜루샤는 안개 너머에서 천천히 몸을 일으켰다. 가엾게도 지금의 그녀는 자신의 몸뚱이를 제 의지로 다루는 것이 불가능했다.

그녀의 의식은 깊은 심연에 처박혔고, 이 몸뚱이를 움직이는 것은 암막의 주인의 신격을 탈취한 헌드레드였다.

"이래서 인간의 몸이 싫어."

헌드레드는 작은 소리로 투덜거렸다.

사도의 몸뚱이라고 해도 결국은 인간의 것. 넘치는 신력을 담아내는 것도, 저 인간 같지 않은 괴물을 상대하기에도 턱없이 부족하다.

그래도 뭐, 어차피 잠깐의 시간만 끌면 된다.

하지만 그게 무슨 상관인가? 꼭 상대를 죽여야만 이긴다고 할 수 있는 것은 아닌데.

헌드레드는 삐걱거리는 몸을 이끌었다.

나흘 동안 강신을 감당해 온몸은 재기가 불가능할 정도로 망가졌다. 약해 빠진 인간의 몸을 돌보려 들지 않았으니 당연한 일이었다.

전투의 결과와 상관없이 이 몸뚱이는 한계를 맞이했다. 당장 강신을 끝낸다고 해도 거대한 신력에 시달린 몸은 만신창이가 되어 머지않아 죽는다.

헌드레드는 그에 대해 어떠한 동정도 느끼지 않았다. 암막의 주인의 사도가 어떤 삶을 살았는지. 그녀가 암막의 주인과 마찬가지로 얼마나 자유를 갈망하며 이용당해 왔는지는 속속들이 아는 사실이지만, 그게 동정을 줄 이유는 되지 않는다.

본래 하등한 존재와 신의 관계란 이런 것이다. 신의 행사 앞에 하등한 목숨은 아무런 가치도 없다.

[굳이 자네가 직접 나설 필요는 없는데.]

"어차피 오래 가지 않을 몸이야."

머릿속에서 들리는 역천자의 중얼거림에 헌드레드는 큭큭 웃으며 대답했다.

"더 쓸 필요도 없는 몸뚱이고. 그렇다면 신업(神業)의 일부가 되어 죽는 것이 이 하찮은 목숨에 남겨줄 위대한 영광 아니겠나?"

으스댐 가득한 말에 역천자가 혀를 찬다. 그리고 더 이상 그의 목소리는 들리지 않았다.

헌드레드는 소리 죽여 웃었다. 역천자에게는 많은 감사를 느낀다. 그가 아니었다면 이렇게 되살아나는 일도 없었을 테고, 유계의 방랑자와 혈사자, 암막의 주인을 먹을 수도 없었을 것이다.

하지만 감사는 의리가 되지 않는다. 하찮은 인간의 탐욕마저 끝이 없다 하는데 신격의 탐욕은 오죽하겠는가.

헌드레드의 몸이 붕 떠올랐다. 삐걱거리는 몸뚱이를 신력이 이끈다. 이미 망가져 버린 근육에 신력이 더해지고 부풀어 오른다.

몸뚱이의 죽음을 가속시키며 헌드레드는 높이 솟구쳐 올랐다.

그가 안개 너머로 나왔을 때. 그건 예측이 안 되어야 옳다. 하지만 모습을 채 드러내기도 전에 기다렸다는 듯이 손이 뻗어져 온다.

그건 솔직히 섬뜩한 일이었다. 결코 우연이라 할 수도 없었다. 놈의 시뻘건 눈은 이미 알고 있었다는 듯이 헌드레드를 보고 있었고, 헌드레드가 공격을 마음먹기도 전에 백현의 손은 뻗은 목적을 이루었다.

"너무 많이 보여줬어."

백현은 헌드레드의 손목을 잡아끌며 소곤거렸다.

말 그대로, 너무 많이 봤다.

굳이 헌드레드뿐만이 아니다. 여태까지 거인들의 공격. 안개 너머에서 갑자기 튀어나오는 것. 그 직전의 미세한 흔들림. 그건 결코 숨길 수 없다. 정말 없어졌다가 나타나는 것도 아니니까.

잡은 손목을 비틀어 쥔다. 다시는 도망치지 못하게. 헌드레드는 히죽 웃으며 팔을 당겨 붙였다. 그는 백현의 눈을 빤히 쳐다보았다.

갖고 싶었다. 그건 도저히 억누를 수 없는 탐욕이었다. 검무희를 결국 갖지 못했을 때 얼마나 아까웠나. 결국, 검무희의 '눈'은 마룡왕에게 가버렸다.

그보다는 못하다지만 백현의 눈도 충분히 훌륭하다. 아니, 어떤 면에서는 검무희보다 가치 있었다. 놈을 취한다면 어비스의 그 누구라도 두렵지 않을 텐데.

"뭘 봐?"

백현의 손이 헌드레드의 배로 향했다. 헌드레드는 굳이 피하지 않았다. 어차피 이 몸으로 할 수 있는 저항은 하찮은 것이다. 대신에, 놈은 백현에게 바짝 얼굴을 붙였다.

"너."

헌드레드의 배에 손이 닿는다. 헌드레드는 들뜬 목소리로 계속해 소곤거렸다.

"어디서 절대 죽지 마라."

백현은 어이가 없어서 웃었다.

쿠우웅!

절대로 피하지 못하게, 몸 안으로 흘려 보낸 내력이 헌드레드의 몸을 크게 들썩거리게 했다.

안구가 터져 나가고 입과 코에서 검게 죽은 피가 줄줄 흘렀다.

"왜."

바들거리는 떨림이 전해져 온다. 백현은 손바닥을 더 바짝 붙여주었다.

"네가 나 죽이기라도 하게?"

놀리듯 묻는 이죽거림에 헌드레드는 피에 젖은 입술로 벙긋 웃었다.

거기까지였다. 하고 싶은 말은 많았지만 목소리는 더 나오지 않았다. 완전히 망가져 버린 몸뚱이는 더 이상 신력을 담아내지도 못했다.

미련이 되어버린 탐욕은 굶주림으로 속을 쓰리게 했다. 하지만 그와 상관없이 강신은 끝났다.

백현은 신격의 존재감이 사라지는 것을 느꼈다. 그는 아직까지 대고 있던 손을 천천히 떼어냈다. 힘없이 기울어진 몸이 백현의 어깨에 머리를 기대었다.

그건 이미 시체였다. 백현은 천천히 헤루샤의 몸을 밀어냈다. 백현의 일장이 배에 닿았을 때부터 헤루샤의 몸은 죽었다. 주변을 가득 채웠던 안개마저 사라지기 시작했다.

[예정된 죽음이었어.]

봉제 인형이 말을 걸었다.

[빠르고 늦고의 차이였을······.]

"그렇게 말해주지 않아도 괜찮아요."

백현은 그렇게 말하면서 아래로 내려왔다. 자욱하던 안개가 사라져 가는 덕분에 주변이 어떻게 되었는지 잘 볼 수 있게 되었다.

널브러진 시체들 사이사이 스멀스멀 올라오는 안개의 근원지가 보였다.

그건 땅속 깊이 처박힌 시체들이었다. 놈들은 머리만 반쯤 나와, 쩍 벌린 입으로 회색 안개를 토해내고 있었다.

백현은 잠시 그들을 쳐다보다가 고개를 돌렸다. 당연히 유쾌함은 없었다. 저런 죽음에 대해서는 안타까움보다는 짜증이 났다.

자비를 베풀 상황도 아니었고 이유도 없었기 때문에 죽이기는 했지만, 백현의 관점에서 저들의 죽음은 아무런 의미도 없었다.

[······와우.]

봉제 인형이 작은 소리로 중얼거렸다. 백현은 고개를 들어 앞을 보았다. 안개는 완전히 사라졌다.

하지만 역천자의 결계는 남았고, 주심이 멀쩡하니 다시 유지되어야 할 텐데.

앞은 잘 보였다. 인위적으로 엉클어진 흐름도 사라졌다.

백현은 멍하니 앞을 보다가, 자신도 모르게 헛웃음을 흘렸다.

"미친."

이걸 어떻게 받아들여야 하는 걸까.

마룡왕은 잠시 동안 고민할 수밖에 없었다. 방금 일어난 일. 긴 세월을 살아오며 여러 경험을 해온 그녀였지만, 방금 전의 일은 도저히 이해할 수가 없었다.

[폭주……? 이제 와서?]

칼자루가 진동한다.

검무희가 얼떨떨한 목소리로 중얼거렸다.

"아니, 폭주와는 다르오."

마룡왕은 확신을 갖고서 말했다. 수년 전에 혼돈이 폭주하는 것을 직접 보았고, 그에 삼켜지기도 했었다.

방금 전의 '폭풍'이 그때 혼돈이 폭주하던 것과 닮았다는 것은 인정할 수밖에 없는 일이지만, 그때와 똑같지는 않았다.

"이걸 어떻게 받아들여야 하는 것인지 모르겠군."

마룡왕은 눈썹을 찡그리며 중얼거렸다.

월드이터인지, 아니면 재생의 뱀인지. 흉수는 정확히 알 수 없지만, 기습을 당했었다.

그 상처를 추스르고 은신처를 나와 신비경의 상태를 보러 온 것이 아까 전이다.

그때만 하여도 문제랄 것은 없었다. 경계했던 기습은 없었고, 신비경의 문은 여전히 굳건히 닫혀 있었다.

하지만 지금 마룡왕의 눈앞에 신비경은 '없었다'. 갑작스레 혼돈의 폭풍이 불어닥쳤고, 그를 경계해 훌쩍 물러선 직후. 신비경이 통째로 사라져 버렸다.

"어찌 생각하오?"

마룡왕은 손을 들어 앞을 가리켰다. 방금 전까지 신비경과 이어져 있던 '문'. 그곳에 더 이상 신비경은 없었지만. '어딘가'로 이어진 문은 새로이 나타나, 얼른 들어오라는 듯이 활짝 열려 있었다.

[함정일지도…… 모르죠.]

검무희는 확신 없는 목소리로 중얼거렸다.

마룡왕이 작게 웃음소리를 냈다.

"그래. 함정일지도 모르지. 하지만…… 너무 달콤하군. 그렇지 않소?"

마룡왕은 검무희의 심안으로 '문'을 보았다. 그녀의 심안은 저 문이 어디로 이어져 있는지를 확실히 보여주고 있었다.

"함정임을 알면서도 뛰어들 수밖에 없게 만들어."

마룡왕은 아랫입술을 혀로 핥으며 중얼거렸다.

그녀는 자신의 몸을 힐긋 내려 보았다. 잃었던 비늘은 대부분 재생했다. 하지만 아직 다 굳지 않아 무르다.

"충분하지."

성급하지 않다. 감정에 치우쳐 내린 결정도 아니다. 싸늘히 식은 이성으로 내린 판단이다. 용성군, 아니, 창명을 죽이는 것은 지금으로도 충분하다.

"충분하고말고."

마룡왕은 망토를 여미며 문을 향해 다가갔다.

왜 신비경이 통째로 '바깥'으로 이동했는지, 왜 바깥으로 이어지는 '문'이 눈앞에 나타난 것인지는……. 모른다. 하지만 결코 우연은 아닐 것이다.

마룡왕은 가면 너머에서 웃는 역천자의 얼굴을 떠올렸다.

"건방진."

그리 내뱉었지만, 마룡왕의 얼굴에는 환한 미소가 맺혔다. 감히 손을 빌리려는 심보는 마음에 들지 않았지만, 이런 칼춤이라면 기쁜 마음으로 추어줄 수 있었다.

4장
운명이란

[어떻게 저럴 수가 있지?]

봉제 인형의 자아가 아니다. 악몽의 결정자는 그녀답지 않게 당황하여 중얼거렸다.

그럴 수밖에 없는 일이었다. 네크로맨시와 흑마법에 치중되어 있다고는 하지만 악몽의 결정자는 전 차원에서도 손에 꼽히는 마법사다. 그럼에도 악몽의 결정자는 저곳에서 일어난 일을 이해할 수가 없었다.

탐구와 호기심은 마법사의 고질병이다. 이해 안 되는 것을 이해하고 싶다는 갈망은 그 무엇보다 강렬한 욕망이다.

악몽의 결정자는 모든 정신과 자아를 이미 일어나 버린 '현상'을 이해하는 것에 매진시켰다.

이해가 안 되는 것은 당연히 백현도 그랬다.

그는 마법사가 아니었고, 악몽의 결정자처럼 맹목적인 호기심을 느끼지도 않는다.

백현은 천천히 앞으로 걸어나갔다. 백현이 움직이기 시작하자 사라가 바짝 따라붙었다. 그녀는 얼떨떨한 표정을 지으며 손가락으로 앞을 가리켰다.

"저게 대체 뭐야?"

"나도 모르겠어."

백현은 눈을 찡그리며 중얼거렸다.

백현이 퍼부은 공격 때문에 이 거대한 정글의 일부가 사라졌다. 천라지망에 빠지는 순간까지 그곳에는 아무것도 없었다.

하지만 지금은 아니었다. 주심인 어비스로 이어지는 길에, 전혀 다른 풍경이 뒤섞였다.

이 정글에 전혀 어울리지 않는 동양풍의 성과, 전혀 다른 색과 형태의 숲.

그건 환각 따위가 아니었다. 분명히 실제하고 있다. 눈으로 보기에도 그랬고, 심안으로 보기에도 그랬다.

하지만 저런 흐름은 처음 본다. 전혀 다른 흐름이 뒤섞여 있다. 그렇게 뒤섞여 있는데도 불완전하다는 느낌은 없다.

백현은 크게 숨을 삼켰다. 시선을 돌려 다른 곳을 보지만, 다른 곳에는 저 괴상한 풍경이 섞여 있지 않았다.

[저건.]

이해에 집중하고 있던 악몽의 결정자가 입을 열었다.

[신비경이야.]

"……네?"

백현은 놀라 고개를 돌렸다. 신비경이라면 용성군의 성역이
다. 백현의 어비스에서 신비경의 입구를 보긴 했지만, 그곳이
대체 어떻게 생겼는지는 알지 못했다.

어비스, 그곳에서도 외차원에 있어야 할 신비경이 왜 아마
존에 나타났단 말인가?

[원리는 모르겠지만, 외차원을 이쪽 차원에 끌어들인 거야.]

[그것에 그치지 않고 외차원을 아예 이곳에 '섞어버렸어.']

[대체 어떻게? 이건 불가능한 일이야. 술법이든 마법이든. 그
런 분야의 절대신격이라면 모를까, 역천자로서는 절대…….]

악몽의 결정자가 계속해서 중얼거렸다.

그녀의 말대로 이건 불가능한 일이다. 공간 단위가 아니라
차원 하나를 통째로 끌어와 뒤섞어 버렸다. 아무리 대신격이
라고 해도 이런 일을 해내는 것은 불가능하다.

백현은 멍한 눈으로 악몽의 결정자를 바라보았다. 대체 이
상황을 어떻게 받아들여야 하는지 알 수 없었고, 무엇을 해야
하는지도 알 수 없었다.

결계는 더 이상 기능하고 있지 않다. 그렇다면 주심을 부술 필

요가 있나? 아니, 그보다. 저 신비경을 대체 어떻게 해야 하지?

그런 생각이 뚝 멈추었다. 백현은 오싹한 기분을 느끼며 고개를 획 돌렸다.

그걸 느낀 것은 백현뿐만이 아니었다. 사라는 몸을 흠칫 떨었고 악몽의 결정자의 인형 몸뚱이도 경직되었다.

전신의 털이 곤두서고 살갗에 소름이 돋는다. 이곳에 느껴져서는 안 될 섬뜩하고 난폭한 존재감이 느껴진다.

가슴이 쿵쾅거리며 뛴다. 그녀를 처음 만났을 때와 똑같다. 예고 없이 출현해 존재감을 내뿜었던 그녀는, 이곳에서도 똑같이 자신의 강림을 선언했다.

마룡왕.

"……야화?"

신비경이 나타난 것도 모자라 야화까지 와버렸다. 백현은 획 하고 사라를 돌아보았다.

이걸 어떻게 받아들여야 할지는 아직 모르겠다. 야화라고 불러달라던 목소리에 담겼던 떨림은 아직도 생생했다. 그 순간에 야화는 백현의 적이 아니었다.

그렇다고 해도. 야화는, 마룡왕은. 너무 위험하다. 너무 강하다. 백현은 아직까지 야화를 감당할 자신이 없었다.

게다가 이곳은 어비스가 아니다. 당장의 야화에게는 용성군이라는 명확한 목적이 있지만, 그 목적을 이룬 뒤에 야화가 어떤 행동을 할지는 알 수 없는 일이다.

"가봐."

사라는 손을 휘휘 저으며 말했다. 그녀의 표정은 그리 좋지 않았다. 착잡한 기분이 드는 것은 어쩔 수 없었다.

같이 가는 것도 방법은 될 것이다. 하지만, 저 괴물을 상대로 같이 가봤자 별 도움이 되지 않을 것임은 사라도 잘 알고 있었다.

"나는 서민식 쪽으로 가볼게. 그쪽의 상황도 봐야 할 테니까."

"그래도 괜찮겠어?"

"안 될 건 또 뭐야? 그쪽은 사도가 셋이나 있으니까, 혼자보다는 낫겠지. 안 그래?"

사라는 백현을 안심시키듯 방긋 웃었다.

백현은 잠시 사라를 보다가 고개를 끄덕거렸다.

"고마워."

"그 괴물 여자랑 너무 친하게 굴지는 마. 질투할 거야."

사라는 농담처럼 쏘아붙이며 고개를 돌렸다.

결계가 기능하지 않는 덕분에 조사단의 위치를 파악하는 것은 어렵지 않았다. 거리가 꽤 되기는 했지만, 사라의 속도라면 오래 걸리지 않는 거리다.

파앙!

사라는 불꽃에 휘감겨 위로 뛰어올랐다. 혜성처럼 긴 꼬리를 남기며 멀어지는 사라를 보다가 악몽의 결정자를 돌아보았다.

[내가 갈 이유는 없지.]

악몽의 결정자가 대답했다. 이미 조사단 쪽에는 또 다른 의체가 있다.

사실 의체가 없었다 해도 악몽의 결정자는 백현과 함께 갔을 것이다. 아직 그녀는 저 현상을 이해하지 못했고, 저기서 무엇이 벌어질지도 궁금해 견딜 수 없었다.

[굉장히 흥미로운 현상이지만…… 누군가에게는 최악이겠어.]

악몽의 결정자는 백현의 곁을 지나치며 중얼거렸다. 백현은 천천히 고개를 끄덕거렸다.

신비경이 왜 이곳에 나타났는지는 모른다. 역천자의 소행일 테지만, 저런 일을 벌임으로써 역천자가 대체 무엇을 얻을지도 모르겠다.

하지만 그런 것을 떠나, 지금부터 누군가는 끔찍한 최악을 경험하게 될 것이다.

"용성군은 죽겠죠?"

[죽지 않을 이유가 없잖아.]

악몽의 결정자가 당연하지 않냐는 투로 대답했다.

그래. 용성군이 죽지 않을 이유가 없다.

그가 야화에게 늘어놓은 거짓과 위선은 들통났다. 용성군을 원망하고 죽여야 할 이유를 갈망하던 야화는 복수의 명분을 얻었다.

야화는 인내하겠다고 했다. 분노에 미쳐 날뛸 일은 없다고
했다. 준비가 부족하다고도 했다.

'그때' 그렇게 말했다. 당시의 그녀는 월드이터에게 기습당했
고, 비늘의 일부를 잃었다. 그러고서 시간이 얼마나 지났지?
보름도 채 되지 않았다.

지금의 야화는 그때와는 달리 인내하려 들지 않고 있었다.
이쪽을 향한 것도 아닌데 야화에게서 느껴지는 살기는 전율적
이었다.

직접 만나 묻지 않아도 알 수 있었다. 그녀는 오늘 인내의
결실을 맺을 것이다. 그녀가 집행할 복수는 용성군의 죽음으
로 완성될 것이다.

[절대 간섭하지 말라고 하는 것 같은데. 괜찮겠어?]

"잘 모르겠네요."

백현은 쓰게 웃으며 중얼거렸다.

야화가 저만큼이나 강렬한 살기를 뿜어대는 것은 처음 겪
는다. 라이 룽에게 용성군이 강신했을 때에도 어마어마한 살
기를 내뿜기는 했지만, 지금과는 비교가 안 된다.

풍경은 마음에 들었다. 어비스에서는 이런 풍경을 볼 수 없다. 그곳에도 숲은 있지만, 어비스의 숲과 하늘은 색채가 밝지 않고 칙칙하다. 하지만 이곳은 다르다.

마룡왕은 맑고 푸른 하늘과 숲을 돌아보았다. '바깥'의 풍경은 검무희에게 몇 번이나 들었다.

마룡왕은 그런 이야기를 듣는 것을 좋아했다. 마룡왕은 자유를 갈망했다. 그녀가 원하는 자유는 존재의 격에 구애되지 않는 것이다.

그녀는 혼돈의 근원뿐만이 아니라 어비스 전체를 원한다. 그 세상에서 자유롭게 노니는 것이 마룡왕의 비원이다.

[그때보다 분노하고 있습니까?]

"당시의 본녀는 창명에게 의혹을 품고 있었소. 그가 왜 용곡에서 본녀를 '살렸는지.' 그를 외면하고 있었으니 말이오."

검무희가 말 한대로였다. 이 세상은 아름답다. 넓고 생기가 가득 찼다.

혼돈이 가득 찬 어비스보다는 당연히 이 세상이 마음에 든다. 하지만…… 이곳은 어비스와 다르다.

신격의 행사는 필연적으로 인과율을 발생시킨다. 절대신격이 인과율을 감당해 주지 않는 한, 쌓이고 쌓인 인과율은 결국 폭주를 일으킨다.

어비스도 다를 것 없었다. 그나마 5년이나 버텼다는 것은 어비스의 태생적 구조가 특별했기 때문이다.

이 세상은 5년이나 버티지 못할 것이다. 그것을 알지만……. 마룡왕은 큭큭 웃었다.

"그대를 이해할 수 있겠군. 검무희. 이 세상은 아름답소. 어비스 따위와는 비교가 안 돼."

바깥의 이야기를 들려줄 때. 마룡왕의 두 눈은 어린아이처럼 반짝거렸다.

그리 대단할 것 없는 이야기들에도 즐거워했다. 제주도의 풍경. 바다. 자주 가던 카페. 검무희가 그런 '일상'에 빠져들었듯, 마룡왕도 똑같았다.

복수를 위해 살아온 마룡왕이다. 복수는 그녀에게서 자유와 일상을 앗아갔다. 가진 적이 없기에 갖고 싶고, 동경하는 것이다.

"하지만 닮았군."

마룡왕은 천천히 고개를 돌렸다. 그녀는 더 이상 하늘을 보지도, 숲을 보지도 않았다.

그녀가 보는 것은 두 눈에 '분명히' 보이는 신비경이었다. 심안을 뜰 필요도 없었다.

신비경은 분명히 저곳에 있다. 외차원이 아닌 바로 이곳. 마룡왕이 있는 세상에.

"이곳은 어비스와 다르지만, 닮았어. 아니, 닮아가고 있다고 해야 하나."

느낄 수 있소? 마룡왕은 그렇게 물으며 크게 숨을 삼켰다. 폐부 깊숙이 공기를 마시고, 마룡왕은 큭큭 웃어버렸다.

"풍경은 다른데, 공기는 같아."

어비스의 공기.

혼돈이 뒤섞인 공기.

[내가 있었을 적과는 다릅니다.]

"후후, 그렇겠지. 아쉽구려. 그대가 있을 적에 왔더라면, 이 세상을 더 좋아할 수 있었을 텐데."

마룡왕은 키득키득 웃으며 발을 뗐다. 이렇게 직접 보는 것이 얼마 만인지.

시간이 시간이니만큼 신비경의 풍경은 많이 변해 있었다. 하지만 몇몇 곳에서 그리움을 느낀다.

마룡왕은 어린 시절의 자신이 뛰놀았던 숲을 보았다. 먼 옛날의 기억이 포장되어 아름다운 추억이 되었다.

마룡이라 경원시 되던 그녀는 동무 하나 없이 혼자 숲에서 뛰놀았었다. 하지만 그마저도 떠올리니 즐거운 추억으로 느껴진다. 저 성도. 불쾌 가득한 수군거림이 끊이지 않던 저 성도, '집'으로 느껴져 그립다.

그러니 전부 부숴줄 셈이다. 그렇게 지워 버릴 것이다. 저곳에 남은 야화로서의 기억은 창명과 함께 사라질 것이다.

그것으로 복수는 완성된다. 긴 세월 그녀를 강박해 온 복수라는 족쇄는 사라질 것이고, 마룡왕은 진정 자유를 얻는다.

'전부 지울 수는 없겠지.'

누군가가 이쪽으로 다가오고 있다. 누군지는 알고 있다. 하지만 마룡왕은 그쪽을 보지 않았다.

신비경은 눈앞에 있지만 결계는 여전히 존재했다. 하지만 외차원에 있을 적보다는 무르기 짝이 없다.

저 정도 결계라면 기염 몇 번으로 완전히 부숴 버릴 수 있다. 마룡왕은 붉은 혀로 입술을 핥았다.

'그대가 야화를 알고 있으니까.'

그 순간은 다시 떠올려도 부끄러워 져. 마룡왕은 풋 하고 웃었다. 얼굴이 조금 화끈거린다.

토해내야 할 기염의 열기 때문이라고, 말도 안 되는 일이지만 그렇게 생각했다. 그렇게라도 하지 않으면 정말로 부끄러워 져 버릴 것 같았다.

그러니 부끄러움에 짓눌리지 않도록 다른 감정을 꺼냈다. 마룡왕의 눈이 얇아졌다. 그녀는 천천히 숨을 삼켰다.

기염이 뿜어졌다.

"오오오……"

용성군은 탄식을 흘리며 양손으로 얼굴을 뒤덮었다.

용의 무덤. 용옥이 있는 그 깊은 지하가 용성군이 탄식하고 있는 장소였다.

신비경 전체가 '이동'했다. 그런 일이 어찌 가능한지는 도저히 모르겠다. 하지만 그것과 상관없이, 용성군은 앞으로 무슨 일이 일어날지 잘 알고 있었다.

"어찌…… 어찌 이런 일이……."

용성군은 탄식하며 얼굴을 감싸 쥐었다.

이런 일은 절대로 일어나서는 안 되었다. 거의 다 되었다고 생각했는데. 그래, 바로 목전이었다. 그것을 위해 용옥을 만들었다.

대체 어디서부터 잘못되었던 걸까. 야화를 살리는 것은 잘못되지 않았다. 잘못되기 시작한 것은, 야화와 어비스에서 만났던 것이다. 어비스에서 야화와 만나지만 않았어도…….

"언제까지 울고만 있을 셈이냐."

낄낄거리는 조롱은 용성군이 머리를 들게 만들었다.

방금 전까지 탄식을 쏟아냈으나, 지금 용성군의 눈은 얼음장처럼 차가웠다.

그는 진득한 경멸을 담아 눈앞에 있는 덩어리를 보았다. 그가 직접 만든 용옥은 끔찍한 고깃덩어리의 모습을 하고서 용성군을 비웃고 있었다.

"공들여 만든 용옥이다만, 네가 용옥을 완성할 일은 없겠구

나. 직접 만들었으니 용옥을 어찌 사용하는지는 너도 알고 있을 테지?"

용옥은, 용이라는 종족의 종말에 대항하기 위해 만들어졌다. 최후의 용이 되지 않고서는 용옥과 계약할 수 없다. 마룡왕이 살아 있는 한 용성군은 최후의 용이 될 수 없다.

"네가 죽은 뒤에 야화는 최후의 용이 될 게다. 그리고 널 대신해 용신이 되겠지!"

화조명이 신랄한 웃음을 토해냈다. 그러자 머리만 남은 제천군이 고함을 질렀다.

"그런 일은 일어나지 않을 것이오! 우리는 야화를 결코 용신으로 허락하지 않을 테니까!"

"흥, 죽어도 제 아들 편을 들겠다 이거지?"

"그건 창명도 마찬가지. 설령 창명이 야화를 죽여 최후의 용이 된다 해도, 나는 저 후레자식을 용신으로 허락할 마음이 없어."

용성군에게 살해당한 원로들이 떠들었다. 용옥을 통해 용신이 되기 위해서는 반드시 용옥에 묶인 용들의 허락이 있어야 한다.

용성군은 싸늘한 눈으로 용옥을 노려보았다.

"허락이 중요한 것이 아니오."

용성군은 그렇게 말하며 몸을 일으켰다.

"금단을 침범하는 용기. 이 추악한 짓을 하면서까지 용신이 되고 말겠다는 의지. 그리고 세상에 남는 '마지막' 용이 되었다는 인식이 중요한 것이오. 어리석은 자들. 금단을 범하지도 않고 어찌 금단을 이해할 수 있겠소."

"흥, 자랑이라고 떠드는 게냐?"

"용기? 의지? 되는대로 갖다 붙이지 마라. 넌 후레자식, 개잡놈이다. 네가 한 무엇에 결의와 의지가 있다는 것이냐?"

용성군을 원망하는 화조명과 원로들이 토하듯 외쳤다. 그중오 섞인 말을 들으며 용성군은 큭큭 웃었다.

그는 비틀거리며 일어섰다.

쿠우우웅!

거대한 충격이 신비경 전체를 뒤흔들었다. 마룡왕의 기염이다. 결계는 곧 무너질 것이다.

"없을 리가 있나."

용성군은 그렇게 중얼거리면서 용옥을 향해 다가갔다.

"결의? 의지? 그런 것쯤은 날 때부터 가지고 있었소. 늙어빠진 용들이 원로를 자처하고 젊은 용들이 타고난 영광에 취했을 때. 오직 나만이 미래를 알았지. 그대들에게는 감사하오. 그대들의 아둔함과 오만함이 나를 깨우쳤고 사명을 갖게 하였소."

"아직도 위선을……."

"위선? 그걸 누가 정하는 거요? 그대들인가? 그렇다면 마음대로 떠드시오. 그대들은 날 위선자라 말할지라도, 나에게 있어서 내 모든 행동은 절대적인 선함이었소. 단지 내 선함이 그대들을 돌보지 않았을 뿐이지."

용성군은 그렇게 내뱉으며 손을 뻗어 용옥에 대었다.

"난 여전히 용기와 의지와 사명을 갖고 있소. 그것은 절대 꺾이지 않을 나의 신념이오. 그러니 나는 패배하지 않을 것이오. 절대로."

"지랄을 한다."

화조명이 어이가 없다는 듯이 웃었다.

"신격도 되지 못해 흉내 내는 놈이. 너 따위가 야화의 상대가 될 성싶으냐?"

"화조명. 그대는 날 모르오."

용성군은 그렇게 중얼거리며 용옥을 움켜쥐었다. 살덩이가 크게 꿈틀거렸다.

"신격이 되지 못한 것이 아니오. 되지 않은 것이지."

용옥의 거대한 힘이 용성군에게 끌려왔다.

용신이라 말하기에는 턱없이 부족한 힘이다. 하지만 용옥이 대행하고 있는 신력은 가히 대신격의 것이라 할 만했다. 용옥을 만든 것은 용성군이었고, 용옥의 신력을 이용하는 것은 쭉 해온 일이다. 이제 와서 신력을 탈취하는 것은 특별할 것도 없는 일이었다.

"운명이란 잔혹하지 않소?"

용성군은 씁쓸히 웃으며 결계가 무너지는 것을 느꼈다.

"야화가 아닌 내가 마룡으로 태어났다면 좋았을 텐데."

5장
유대감

쫘아아앙!

두 번의 기염을 토해낸 끝에 결계가 산산조각이 났다. 마룡왕은 열기 섞인 호흡을 가다듬으며 히죽 웃었다.

그녀는 신비경에서 준동하는 기척들을 느꼈다. 수많은 짐승. 그중에 익숙한 기척들을 느끼며 반가움을 느낀다.

천공룡 하미르, 자화봉 해사리, 영갑귀 자오. 참 오래도 살아온 구질구질한 놈들.

"걱정할 것은 없소."

마룡왕은 망토 자락을 여미며 말했다.

"그때도 말하지 않았소? 분노를 표출하는 방법은 다양하다고. 누군가는 당장의 분노를 참지 못하고 날뛸지 모르나, 본녀는 아니라고. 익숙하다고도 말했지."

그리 길지도 않았소. 마룡왕은 피식 웃었다.

"설마 이렇게 빨리 기회가 올 줄이야. 그건 제법 다행이라 생각하오."

마룡왕은 그렇게 말하면서 고개를 돌렸다. 그리 멀지 않은 곳에 백현이 서 있었다.

그는 딱딱하게 굳은 얼굴로 마룡왕을 응시하고 있었다. 하지만 마룡왕은 부드러운 미소를 지으며 말을 계속했다.

"본녀는 미쳐 날뛰는 것이 아니오. 준비가 부족한데도, 순간의 감정을 이겨내지 못해 분노를 터뜨리는 것도 아니오. 절대 그럴 수는 없지. 본녀가 이 순간을 얼마나, 애타게…… 기다려 왔는데. 결코 이 기회를 아무 의미 없이, 허무히 소모하지는 않을 것이오."

"……그건 걱정하지 않아."

"그러면 웃어주시오."

마룡왕은 활짝 웃으며 말했다.

"인내는 익숙했지. 그 끝에 취할 과실이 참으로 달콤할 것임을 알았기에, 즐겁게 기다릴 수 있었어. 하지만 말이오. 본녀는 인내에 익숙하고, 그를 즐겁게 여길 줄도 알지만…… 후후. 사실 당연하지 않소? 인내보다는 인내하지 않는 것이 더 즐겁지. 분노를 참는 것보다 터뜨리는 것이 더 후련한 법이오."

마룡왕은 다시 고개를 돌렸다. 그녀는 활짝 열린 신비경을 응시했다.

"오늘은 아주 기쁜 날이오."

마룡왕은 발을 뻗어 앞으로 걸었다.

"본녀의 오랜 숙원이 이뤄지는 날이지. 본녀가 쭉 품고 있던 사명은, 오늘 이후로 본녀를 주박하지 않게 될 것이오. 그리되면…… 본녀는 드디어 자유롭게 되는 것이지."

그렇게 되면.

마룡왕은 고개만 살짝 돌려 백현을 쳐다보았다. 백현을 바라보는 눈동자에 작은 욕망이 일렁거렸다.

"그대는 나를 무엇으로 보고 있소?"

"……야화."

백현은 고민 없이 대답했다. 그 대답에 마룡왕은 기쁘게 웃었다.

"그래. 본녀는 야화지. 마룡왕이기도 하고. 그대에게 본녀의 이름을 알려주어 다행이라 생각하오."

마룡왕은 그렇게 말하며 다시 신비경을 보았다.

야화와 마룡왕은 다르다.

마룡왕이란 이름은 신명이고, 그녀가 해온 수많은 신화를 상징한다. 용곡에서 살아남은 최후의 마룡. 멸룡전을 일으킨 마룡. 용 학살자. 아비를 죽인 패륜아.

그녀의 모든 것이 신화가 되어 신격을 부여하고 신명을 만들었다. 그녀가 살았던 세계의 수많은 이들의 입에 오르내린 이름이 신격으로서의 이름이 되었다.

마룡의 왕이라 하여 마룡왕. 참 기쁜 신명이다.

야화라는 이름에 신화는 없다. 그건 작디작은. 그런 아이의 이름이었다. 마룡왕이라는 신명의 기원이나, 마룡왕은 자신의 아명을 좋아하지 않았다. 그 이름을 부르며 기쁘게 웃어주었던 것은 어머니인 화조명과 용곡의 마룡들뿐이었고, 그들은 모두 죽었다.

떠올리면 증오가 추억을 집어삼킨다. 하지만 오늘부터는. 지금이 지나면. 그 이름을 기억하는 자들은 백현만을 남기고 모두 사라질 것이고, 야화라는 이름은 더 이상 증오를 상기시키지 않을 것이다.

좋아하지 않은 아명을, 좋아할 수 있게 된다. 그리고.

'그 이름으로, 그대와 유대감을 느끼게 돼.'

추억과 더불어 즐겁게 아명을 떠올릴 수 있다. 마룡왕은 방긋 웃으며 앞으로 나아갔다.

백현은 마룡왕을 막지 않았다. 막을 수가 없었다. 막으려 들었다면……. 마룡왕과의 관계가 박살 나버릴 것 같았다. 그것은 두렵다기보다는 싫었다.

사실 그럴 이유도 없었다. 마룡왕이 용성군을 죽이는 것을 무엇하러 막는단 말인가.

[옳은 선택이야.]

악몽의 결정자가 숨을 돌리며 말했다.

[여기서 마룡왕과 척을 질 필요는 없지. 그리고, 나쁠 것 없잖아. 네가 직접 할 필요 없이 마룡왕이 용성군을 죽여 버릴 테니 말이야.]

"이상하다는 건 느끼고 계시죠?"

백현은 다른 질문을 하며 앞으로 걸어나갔다. 그가 향하는 곳은 아마존에 있는 어비스 중 하나였다.

[느끼지 못하면 신격 자격도 없지.]

악몽의 결정자가 중얼거렸다.

[겹쳐졌다…… 섞였다…… 둘 중 무엇이 옳은지는 잘 모르겠어. 사실 다를 것도 없는 말이기는 하지만, 여기는 지구이고, 어비스이기도 해.]

여전히 이곳은 아마존의 한복판이고, 지구다. 하지만 어비스에서 느껴져야 할 혼돈이 이곳에도 뒤섞여 있었다.

[일 년 전에 역천자는 검무희를 이용해 어비스를 지구에 침식시키려 했지. 그건 네 덕분에 실패했지만.]

"지금은 성공했다?"

[징조는…… 느끼지 못했어.]

악몽의 결정자가 중얼거렸다.

아무리 천라지망 안에서 발을 잡혀 있다고 해도. 악몽의 결정자의 또 다른 의체는 조사단과 함께 있었다. 그럼에도 침식과 징조를 느끼지 못했다.

"가서 직접 보는 수밖에."

마룡왕은 이미 신비경에 입성했다.

백현은 어떠한 미련이 발걸음을 무겁게 하는 것을 느꼈다. 마룡왕을 막는다거나, 하는 마음은 아니었다. 단순히 보고 싶었다.

전율적인 살기를 내뿜던 마룡왕이다. 지금부터 그녀는 백현이 보았던 그 어느 때보다 살의에 차서 날뛸 것이다. 긴 세월 인내해 온 증오와 복수가 드디어 결실을 맺는 것이다.

그걸 두 눈으로 직접 보고 싶었다. 죽이고 말겠다는 의지에 가득 차 날뛰는 마룡왕은 얼마나 강할까. 그리고 얼마나 아름다울까.

"아깝다."

백현은 긴 탄식을 흘리며 중얼거렸다.

그 모습을 직접 보지 못한다는 것이 아깝고 한탄스러웠다.

한 걸음 한 걸음 걸을 때마다 풀잎이 바스러진다. 파릇한 풀잎을 밟는 것인데 들리는 소리는 너무도 건조하다.

그럴 수밖에 없었다. 통제하지 않고 풀어낸 살기가 주변의 모든 것을 죽이고 있었다. 한낱 잡초는 그 질긴 생명력에 어울리지 않게 밟아 죽이기도 전에 살기에 말라죽는다.

풀뿐만이 아니었다. 오래 묵은 고목들이 앙상하게 말라비틀어져, 결국 뚝뚝 끊어져 쓰러진다.

마룡왕이 내뿜는 살기는 그 자체만으로도 확실한 위력을 띄고 있었다.

"보고만 있을 셈이오?"

마룡왕은 즐거운 목소리로 물었다. 이쪽을 노려보는 수많은 시선. 증오와 적의, 그리고 두려움. 약자의 시선들.

마룡왕은 킬킬 웃으며 말했다.

"혹여 착각이라도 하는 것일까 걱정되는군. 그러니 미리 알려주겠소. 저항하지 않는다고 해도, 본녀는 그대들 전부를 죽여 버릴 것이오."

시선들이 동요한다.

"그건 싸움이 아니오. 본녀는 죽이고, 그대들은 죽을 뿐이오. 혹 고통스러울까 염려한다면 자살을 권장하겠소. 그것까지 말리지는 않을 터이니 말이오. 그럴 용기도 없다? 하하, 걱정하지 마시오. 말하지 않았소? 이건 싸움이 아니라고. 본녀는 죽이고, 그대들은 죽을 뿐이라고. 그러니 아플 틈도 없을 것이오. 자아, 어떤가."

마룡왕은 망토 밖으로 손을 뻗었다.

"이렇게까지 배려해 준다면. 그대들의 발악에 도움이 될까?"

콰르르!

광오함에 화답해 주듯 폭풍이 덮쳐왔다. 마룡왕은 손가락을 가볍게 튕겼다. 폭풍이 일소했다.

그 즉시 숨어 있던 기척들이 덮쳐왔다. 이름도 모를 조무래기들. 자기들을 신수이니 영물이니 포장하며, 허접한 격을 어떻게든 격상시키는 보잘것없는 짐승들. 마룡왕이 보기에 저들은 그런 하찮은 존재들이었다.

"재생의 뱀은 대단했지."

미물로 태어나 대신격까지 되었으니 인정할 수밖에 없다.

하지만 그것은 어디까지나 재생의 뱀이 특별한 경우였다.

결국 미물은 미물로 남는다. 마룡왕은 재생의 뱀을 인정하고 경의하지만, 그녀에 대한 인정과 경의가 미물 전체에 대한 것은 아니다.

"그대들은 하찮아."

살기가 부풀어 터진다. 마룡왕을 중심으로 몰아친 붉은 폭풍이 덤벼오는 미물들을 모조리 휩쓸었다.

마룡왕의 선언대로였다. 그녀는 결코 광오하지 않았다. 어디까지나 현실을 말해주었을 뿐이다. 이건 싸움이 아니었다. 전해주는 죽음에 고통은 동반되지 않았다.

하지만 공포는 분명했다. 수많은 신수가 제각각의 울부짖음을 토하며 덤벼온다. 마룡왕은 빙긋 웃었다. 본래 그녀는 약자를 핍박하는 것을 좋아하지 않는다.

그건 존중도 배려도 아니다. 단지 무시일 뿐이다. 하지만 지금은 아니었다. 이 모든 것이 즐겁다. 신비경 자체를 죽이는 것은 그녀가 긴 세월 갈망해 온 것이었다.

"하."

즐거움이 웃음이 되었다. 마룡왕은 입술을 벌려 짧은 웃음을 토해냈다.

"그대들은 본녀를 증오할 이유가 없소."

마룡왕이 뛰었다.

"멸룡전에서 죽은 것은 용들이었소. 본녀의 적은 용이지, 그대들 같은 하찮은 미물이 아니었소."

망토가 펄럭인다. 비늘은 몸을 덮고 있지 않다. 그럴 가치가 없는 상대였다.

마룡왕은 양손을 펼쳤다.

"하지만 그대들은 본녀를 증오하는군. 얄팍하기 짝이 없는 증오요. 그대들은 지금이 너무 두렵고, 두려워서 견딜 수 없다 보니 그걸 증오로 삼아버린 게요. 그대들은 죽고 싶지 않아 본녀를 증오하는 것뿐이오."

그 얼마나 조잡한가?

"그대들은 본녀와 맞서지만 본녀를 이길 수 있으리라 생각하고 있지 않소. 힘과 격의 차이는 중요하지 않소. 그대들은 이미 마음부터가 꺾여 있소. 그러니 이것은 싸움이 아닌 발악인 게요. 버러지의 발악."

붉은빛이 난무했다. 울부짖음이 비명으로 바뀌어 간다. 시선에 실린 적의는 완전히 공포에 삼켜졌다. 무수히 많은 죽음을 꽃피운 뒤에 마룡왕은 높이 도약했다.

그녀는 허공에서 유연히 몸을 꺾으며 아래를 내려 보았다. 어느새 마룡왕의 손끝에는 붉은빛이 어려 있었다.

"내 추억의 처음과 함께 지워지는 것을 영광으로 아시오."

붉은빛이 떨어졌다.

콰아아앙!

숲이 통째로 불길에 삼켜졌다. 어린 야화가 홀로 뛰어놀던 숲이 작열하는 불길 속에서 바스러진다.

그 안에서 발악하던 미물들의 목숨은 불길을 키우는 장작이 되었다. 마룡왕은 눈을 찌르는 불빛을 응시하며 큭큭 웃었다.

"아아아아!"

그 불길 속에서 날개가 펼쳐졌다. 신비경의 사신수 중 하나인 자화봉 해사리가 불길 속에서 치솟아 올랐다. 마룡왕은 비웃음 가득 담긴 눈으로 해사리를 보며 물었다.

"쥐새끼처럼 숨어 있다 이제야 나오는구려. 불길이 제법 뜨거웠나 보오?"

"감, 감히, 감히! 신비경의 숲을!"

"누가 보면 이 숲이 그대의 것인 줄 알겠군. 해사리, 그대의 비열함은 용서해 주겠소. 하찮은 어린 것들을 먼저 내세우면서 틈을 보고 있던 그 비열함. 하지만 이래서야 의미가 없잖소? 본녀의 틈을 노리고 싶었다면 조금 더 참았어야지. 그리한들 그대가 찌를 틈 따위는 없었겠지만 말이오."

마룡왕의 이죽거림에 해사리가 부리를 딱딱 부딪쳤다. 그는 날개를 모조리 펴고서 자색의 불길을 뿜어댔다.

신비경의 사신수라면 초월자를 넘어 수행에 따라 신격에까지 도전할 수 있는 신수들이다.

마룡왕은 해사리가 쏘아대는 불길을 향해 손을 뻗었다. 죽어가는 생명을 소생시킨다는 불사조의 불꽃은 생명을 손쉽게 일소시킬 만큼 뜨겁고 강하다.

겨우 그 정도밖에 안 된다.

"해사리."

불길은 마룡왕의 손을 넘지 못했다. 마룡왕은 잔잔한 눈으로 해사리를 보며 말했다.

"본녀는 말이오. 신비경의 미물들에게는 사실 별 악감정이 없소. 본녀가 신비경에 있었을 적에 함께 살았던 미물들은 모두가 본녀를 마룡이라 경원시했지. 그거야 뭐, 당시에는 서러

웠어도 지금 생각하면 원망스럽지는 않다오. 그저 신비경을 지워 버리는 과정의 하나로서 죽일 뿐이지."

해사리는 대답하지 않았다. 그는 전력을 다해 불길을 뿜어 대고 있었다.

"하지만 모든 미물에게 악감정이 없는 것은 아니오. 사신수 라 으스대던 그대들에게는 분명한 증오를 가지고 있지. 아, 사실 그건 증오라기보다는…… 짜증이라 하는 것이 옳을 거요. 왜, 그대도 그런 경험이 있지 않소? 잘나지도 않으면서 잘난 척 으스대는 놈이 짜증 나는 것. 그런 놈이 핍박까지 해온다면."

마룡왕이 손을 움켜쥐었다.

"죽일 이유로는 충분하지 않겠소?"

불길이 역류했다. 해사리의 눈이 부릅떠졌다.

마룡왕은 먼 옛날을 추억했다. 홀로 저 숲을 노닐 적에. 하늘을 가로지르던 해사리가 이쪽을 경멸 어린 눈으로 보던 것. 외로움에 용기를 내어 손을 흔들어주니, 낮게 욕을 해대며 침을 뱉은 것.

"어린 시절에는 고작 그런 것에도 큰 상처를 입는 법이지."

"까아아악!"

해사리의 몸이 불꽃에 삼켜졌다.

역류한 불꽃은 더 이상 해사리의 것이 아니었다. 불꽃 속에서 태어난다는 불사조지만 해사리는 불꽃 속에서 퍼덕거리며 죽어갔다.

마룡왕은 그것을 지그시 보다가 손을 아래로 내렸다. 그러자 해사리의 몸을 집어삼킨 불꽃이 숲으로 추락해, 숲 전체와 함께 타버렸다.

"의미 있는 죽음이구려."

마룡왕은 그렇게 말하며 방긋 웃었다.

그녀는 계속해서 불타는 숲을 지나 신비경 중심에 있는 용궁으로 향했다. 저항은 끊이질 않았다. 날짐승들이 날아들어 공격하려 들었고, 저 아래에서도 짐승들이 날뛰었다. 그 역시 싸움이 아닌 발악이었다.

"본녀는 물놀이를 좋아했소."

강바닥 깊은 곳에서 웅크리고 있던 영갑귀 자오를 끌어냈다. 그의 일족과 물짐승들이 날뛰었지만 아무런 의미도 없었다. 마룡왕이 강에 들어간 순간 강물은 통째로 증발했고, 짐승들도 함께 타죽었다.

"숲을 뛰놀다 지치면 강으로 향했지. 물은 맑고 차가워 좋았소. 다리를 담그고 하늘을 보고, 가끔은 용기를 내어 몸에 흠뻑 빠지기도 했지."

"자, 잠깐. 저는……."

"그대는 그때부터 강바닥에 웅크려 있었지. 본녀가 강에서 무엇을 하든 신경 쓰지 않았어. 그 외면이 섭섭하기는 했소.

어린 시절의 본녀는 외로움이 많았거든. 그럴 수밖에 없지 않소? 이 넓은 신비경에서, 본녀를 돌보았던 것은 어머니뿐이었소. 모두가 본녀를 경원시했지. 저주받은 마룡이라며 말이오."

쫘득. 쫘드득.

마룡왕의 손이 자오의 등껍질을 움켜쥐었다. 신비경에서 제일 단단하다는 등껍질에 마룡왕의 손가락이 파고들었다.

"언젠가 어린 갓파 한 마리가 호기심으로 본녀와 가까이 한 적이 있소. 아, 그건……. 이곳에서의 기억 중 꽤나 기억에 남는 것이었지. 조금 두려워하는 듯하기는 했으나, 그 아이는 본녀와 함께 물장구를 쳐주었다오."

쫘드득……!

비늘에 커다란 균열이 갔다. 자오의 눈이 뒤집혔다.

"바로 다음 날. 본녀는 부푼 기대를 안고서 숲에 들르지도 않고 강에 왔지. 오늘도 함께 물장구를 치고, 헤어지게 될 때……. 용기를 내어, 동무가 되어주지 않겠냐고 말하겠다는 생각을 하면서 말이오."

"전……."

"그 아이는 오지 않았소. 본녀는 그 아이의 이름조차 모르오. 아직까지도. 지금 와서 그대에게 그 아이의 이름을 물을 생각은 없소. 그 아이가 어찌 되었는지도 묻지는 않을 것이오. 그대가 보여주었잖소?"

강기슭. 갓파의 정수리에 놓인 쟁반이, 강기슭에 쪼개져 굴러다니고 있었다.

"본…… 보기였을 뿐입니다. 제천군께서는 야화 님과 어울리는 자를 엄벌에 처하라 말하였고, 저는 어디까지나……."

"무언가 착각하고 있군. 본녀는 변명을 듣고 싶었던 것이 아니오. 사과를 듣고 싶었던 것도 아니고. 그냥, 그대가 죽을 이유 중 하나를 알려주었을 뿐이오."

쫘지직!

자오의 등껍질이 완전히 박살 났다. 마룡왕은 거기서 멈추지 않고 자오의 몸을 통째로 찢어버렸다. 두 갈래로 찢긴 자오의 시체는 강기슭에 던져두었다.

"그렇게 덮어가고 있는 게지."

마룡왕은 손에 젖은 피를 툭툭 털면서 강에서 날아올랐다.

마룡왕은 뒤를 힐긋 보았다. 모든 것이 붉게 보였다. 그녀가 지나온 신비경의 풍경이 아름다운 붉은빛으로 젖어 타오르고 있었다.

"새로운 풍경과."

고개를 돌려 앞을 본다. 용궁의 모습이 보인다. 아직 죽이지 못한 미물들이 용궁에 집결해 있었다.

그 상공에는 용성군이 아닌 천공룡 하미르가 떠 있었다. 마룡왕은 들뜬 기분을 즐기며 손을 들어 올렸다.

콰르르릉!

등 뒤에서 연이어 폭발이 터졌다. 불꽃이 더욱 크게 타올라 열풍을 터뜨렸다.

"새로운 추억으로."

떠올릴 때마다 즐거운 것들로.

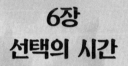

6장
선택의 시간

신비경의 짐승 중, 창명을 제외하고서 마룡왕이 가장 '경멸'하는 대상은 하미르였다.

　　놈을 상징하는 천공룡이라는 이명부터가 추잡하기 짝이 없는 교만이다. 용도 아닌 놈이 천공룡이라니. 그 교만함만으로도 놈을 죽일 이유로는 충분하다.

　　물론 교만함이 없었다 해도 놈을 죽일 이유는 많다.

　　"창명은 어디에 있소?"

　　마룡왕은 용궁을 향해 다가가며 물었다. 크게 뱉지 않은 목소리였지만 하늘이 쩌렁쩌렁 울리는 것 같다.

　　하미르는 긴장과 공포, 적의로 굳은 눈으로 마룡왕을 노려보았다.

"용성군이라 부르십시오."

"그대 따위가 본녀의 말투를 교정하려 드는 게요? 이쯤 되면 건방짐과 교만이라 할 것이 아니라 어리석군. 아니면 미쳤던가."

마룡왕은 환히 웃으며 말했다. 노골적인 조롱에도 하미르는 분노하지 않았다. 분노를 앞세울 상대가 아니라는 것을 인지하고 있기 때문이다.

하미르는 눈동자를 내려 아래를 보았다. 마룡왕이라는 겁화(劫火)를 피해 살아남은 신비경의 모든 짐승이 용궁의 앞에 집결해 있다.

'오늘 신비경이 사라질지도 모르겠구나.'

짐승들의 수가 셀 수 없이 많다. 모두가 영물이고 몇몇은 신수의 격에 근접해 있다. 하지만 그 많은 숫자와 격은 아무 의미도 갖지 못한다. 하미르는 착잡한 절망을 느끼며 치미는 한숨을 삼켰다.

"그대들만으로 본녀를 막을 수 있단 생각을 하는 것은 아니겠지."

마룡왕은 키득키득 웃으며 손을 들어 올렸다.

콰드득!

마치 과시하듯이 그녀의 오른팔이 용의 팔로 변화했다. 마룡왕은 커다란 손가락을 하나씩 꺾어 보이며 말했다.

"그렇게 발악하겠다면 먼저들 오시오. 벌레처럼 밟아 죽여 줄 터이니 말이오."

하미르는 뒤를 돌아보고 싶은 것을 참았다. 돌아본다면, 도망치고 싶어질 것 같았기 때문이다.

용성군은 아직 오지 않는다. 아직 준비가 덜 된 모양이다. 그렇다면 시간을 끌 수밖에 없다. 신비경이 완전히 사라지기 전에, 용성군이 돌아오기를 간절히 바랄 뿐.

"처벌하라!"

하미르가 고함을 질렀다. 그 쩌렁쩌렁한 외침이 신비경 짐승들의 등을 떠밀었다. 모두가 마룡왕에게 공포를 느꼈으나, 도망치는 것이 의미가 없다는 것쯤은 다들 알고 있었다. 짐승들이 공포를 쫓듯 울부짖으며 하늘을 가로질렀다.

그건 가히 장관이라 할 만했다. 수백 수천에 달하는 영물들이 땅을 달리고 하늘을 난다. 대지가 요동치고 바람이 찢어진다. 세상의 모든 환수가 모여 축제를 벌이는 것 같았다.

콰아아아아!

그들이 뿜어낸 힘들이 뒤섞여 마룡왕을 덮쳤다.

마룡왕은 빙긋이 웃으며 그 자리에 서서 피하지 않았다. 느긋이 팔을 뻗어 손등을 앞으로 향한 것이 마룡왕이 한 유일한 움직임이었다.

마룡왕을 덮친 힘이 쫘악 갈라진다. 수많은 영물이 함께 쏘아낸 힘은, 마룡왕이 뻗어 펼친 손을 뚫지 못했다.

그사이에 하늘을 가로지른 영물들이 덮쳐왔다. 그들의 진군이 마룡왕을 통째로 집어삼켰다.

학살은 그 안에서 시작되었다. 길게 이어지는 환수의 행진 속에서 피와 살점이 튀어 오른다.

갑작스레 일어난 붉은 파도가 하늘에 포말을 일으켰다. 붉은 파도는 곧 비가 되었고 갈기갈기 찢긴 영물의 사체들은 우박이 되어 후두둑 떨어졌다.

마룡왕은 빙글 회전하며 손을 크게 휘둘렀다. 보다 거대해진 용의 팔이 하늘을 양단했다. 행진이 쩍 갈라지고 마룡왕의 모습이 드러났다.

그만한 학살을 벌였음에도 마룡왕에게는 피 한 방울 튀어 있지 않았다.

마룡왕이 아래로 떨어졌다. 그리 높지 않은 곳에서 떨어진 것이지만 운석이 떨어진 것처럼 대지에 커다란 구멍이 만들어졌다. 그로 인해 퍼져 나간 충격파만으로 대지의 영물들이 폭사했다.

용의 팔이 시뻘건 빛에 휘감겼다.

콰드드득!

지면을 크게 훑으며 휘두른 손이 빛을 터뜨렸다. 연쇄적으로 터지는 폭발이 영물들을 집어삼켰다.

비통에 찬 고함을 지르며 하미르가 힘을 끌어모았다. 그를 중심으로 휘몰아치는 거대한 바람이 폭풍이 되었다. 쩍 벌린 입안 중심에서 푸른빛이 모여들었다.

푸확!

하미르가 쏘아낸 기염과 아래로 쏟아졌다. 박살 난 지면과 나뒹구는 시체를 감상하듯 보던 마룡왕이 고개를 들었다.

그녀는 코앞까지 다가온 하미르의 기염을 보며 같잖다는 듯이 입꼬리를 비틀었다.

쫘직!

마룡왕이 휘두른 손은 너무나도 쉽게 하미르의 기염을 흩뜨렸다. 매서운 폭풍이 일순간에 산들바람이 되었다.

마룡왕의 두 다리가 굽혀졌다. 굽혔던 다리를 뻗었을 때 마룡왕은 이미 하늘 높이 도약해 하미르에게 쇄도하고 있었다.

살아남은 영물들이 급히 가속했다. 그들은 마룡왕의 전진을 가로막기 위해 제 몸을 던졌다.

"막지 마시오."

마룡왕은 들릴 듯 말 듯 작게 소곤거렸다. 그 말을 듣는 이들은 없었다. 그에 대한 응징은 즉시 이루어졌다.

손을 휘두를 것도 없었다. 마룡왕의 돌진은 막히지 않는다. 막기 위해 몸을 던졌던 영물들이 연이어 터져 나갔다. 그들의 육탄 방어는 시간 벌이조차 되지 않았다.

하미르는 기겁하여 공간의 문을 열었다. 그는 급히 그 안으로 뛰어들려 했으나. 몸에 덜컥 제동이 걸린다. 한시가 급한데 몸이 움직이지 않는다.

하미르의 눈이 절망과 공포에 젖었다.

더 이상 마룡왕에 대한 증오와 적의를 세울 수도 없었다. 마룡왕은 그가 생각했던 것보다 훨씬 강했다. 시간 끌기 정도는 할 수 있을 것 같았는데, 그마저도 무리였다.

용성군이 온다면? 온다고 해서 무엇이 달라질까! 마룡왕이 살아 있는 이상 용옥은 완성될 수 없다. 용옥에서 신력을 받아 온다고 해도……. 저 괴물을 막을 수, 아니, 죽일 수 있을까.

'용신이 되지 않고서는…….'

꾸드드득…….

하미르의 몸이 쭉 끌어당겨졌다. 하미르의 긴 몸이 덜덜 떨렸다. 이번에도 뒤를 돌아보고 싶지 않았다.

아까는 도망치고 싶어질까 뒤를 돌아보지 않으려 했지만, 지금은 달랐다. 단지 무서워서 뒤를 돌아볼 수가 없었다.

"본녀를 보시오."

마룡왕이 소곤거렸다. 등골을 훑어오는 목소리. 얼음처럼 차가운 목소리였다.

"고개를 돌려, 본녀를 보시오. 누가 그대를 아프게 하는지. 누가 그대를 죽이는지 확실하게 보고 '가시오'. 본녀도 확실히 그대를 보고서 보내주고 싶으니 말이오."

저 끔찍한 처형인이 하는 말이 결코 배려가 아님은 알았다. 하지만 하미르는 천천히 고개를 돌리고 말았다.

절망과 공포와 함께 외경심이 피어올랐다. 멸룡전을 일으킨 용 학살자의 위용은 공포마저 꺾는다.

용이 되지 못해 이무기로 남았으나, 천공룡이라는 이명을 가졌다.

사실은 두려움도 있었다. 정말 용이 되어버린다면 언젠가는 용성군에게 죽어 용옥의 일부가 되어야 한다.

고개를 돌려 보게 된 마룡왕의 얼굴은, 싸늘하던 목소리와는 달리 환한 미소를 짓고 있었다. 그 미소를 보며 하미르는 꿀꺽 침을 삼켰다.

"나, 날…… 보고서 보내준다면 나를 기억하겠다는 뜻입니까?"

"물론 기억하고말고. 다른 미물들은 기억하고 싶어도 이름을 모르지만, 본녀는 그대의 이름을 확실히 알고 있소."

쩌드드득.

하미르의 꼬리를 붙잡은 마룡왕의 손에 억센 힘이 들어갔다. 하미르는 자신의 신체 말단이 바스러지는 고통을 느끼면서도 더듬거리며 물었다.

"나, 나를 무엇으로 기억하실 겁니까……?"

"하미르."

마룡왕은 고민 없이 대답했다.

"그대는 하미르로 기억될 것이오."

천공룡이 아니다. 하미르의 눈에 순간적으로 낙담이 스쳐 갔다. 하지만 그는 결국 받아들여, 자조 섞인 웃음을 흘렸다.

"그렇…… 겠죠. 그게 당연한 겁니다. 차라리 용이 되었다면 멸룡전에서 당신에게 죽을 수 있었을 텐데."

그 말에 마룡왕은 빙긋 웃었다. 그녀는 양손으로 하미르의 꼬리를 붙잡았다.

"이미 지나간 일. 이제 와 후회하는 것은 늦었소. 만약 내세 라는 것이 있어, 다시 태어나게 된다면. 그때는 후회 없이 정진 하도록 하시오."

그 말에 하미르의 수염이 파르르 떨렸다. 그는 곧 자신이 '어 찌 될 것인지' 알았지만, 그에 대한 공포와 원망을 토하지 않고 다른 것을 물었다.

"당신은 저를 싫어하는 것이 아니었습니까?"

"물론 그렇소. 싫지. 본녀는 그대의 교만함과 용성군의 심복 이라는 것을 경멸했소."

"그런데 왜 저에게 그런 말을……?"

"그대를 죽이는 것과 동시에 내 경멸은 사라질 것이오. 곧 죽을 상대에게 이 정도 말이야 못 해줄 것도 없지."

마룡왕은 빙긋 웃으며 말했고, 하미르는 자신도 모르게 웃어버렸다. 그 웃음기가 사라지기도 전에 죽음은 순식간에 집행되었다.

하미르의 몸이 꼬리부터 머리까지 두 갈래로 찢겨졌다. 찰나에 만들어낸 죽음이다.

두 갈래로 찢어진 하미르의 얼굴은 여전히 웃고 있었다. 마룡왕은 천천히 손을 위로 들어 하미르의 몸을 떨어뜨렸다.

"그대들은 어찌할 게요."

아직 신비경의 짐승들은 몰살당하지 않았다. 그 수가 터무니없이 줄어들긴 했지만, 살아남은 짐승들은 공포에 절은 눈으로 마룡왕을 보고 있었다.

마룡왕은 그들의 시선을 받으며 천천히 말했다.

"그대들을 하나하나 죽이는 것도, 한 번에 몰살시키는 것도 쉬운 일이지. 하지만 그런 죽음이 그대들에게 무슨 의미를 가질까? '죽는다'라는 것 외에는 아무 의미도 없을 것이오. 본녀는 그대들의 이름을 알지도, 기억하고 싶은 마음도 없소. 그러니."

마룡왕은 손을 들어 아직 건재한 용궁을 가리켰다. 그녀가 일으켰던 파괴는 아직까지 용궁의 기와 하나 박살 내지 않았다.

"저리 들어가시오. 그렇게, 저 성과 함께 죽도록 하시오. 그것이 그나마 의미 있는 죽음이 될 것이오. 저 성과 함께 지워지는 것은 본녀가 떠올릴 즐거운 추억 중 하나가 될 수 있을 것이오."

죽음이란 생의 마지막이다. 그것을 아무 의미도 없이 맞이하고 싶은 자들이 얼마나 될까.

어차피 죽을 수밖에 없다면, 최소한 의미 있는 죽음으로 남고 싶었다. 하물며 '기억된다는 것'. 마룡왕은 모두의 적이었으나 그 압도적인 힘은 외경을 일으킨다.

짐승들이 움직이기 시작했다. 그들은 자그마한 웅성거림도 내지 않고 장송 행렬처럼 용궁으로 향했다.

"그럴 필요 없다."

위엄찬 목소리가 하늘을 울렸다. 마룡왕의 얼굴에 환한 미소가 맺혔다. 그녀는 홱 고개를 들어 올렸다.

용궁의 뒤에서 거대한 용이 하늘을 가로질러 날아왔다. 드넓은 신비경의 하늘이 용의 몸체로 뒤덮였고, 용의 그림자가 신비경을 어둡게 만들었다.

"내가 너무 늦게 왔구나."

거대한 용의 머리가 아래를 굽어본다. 현기 가득 찬 눈동자가 옥석처럼 빛을 냈다.

용성군은 두 갈래로 찢겨 죽은 하미르와, 등껍질과 함께 찢긴 자오와, 아직도 불타는 숲에서 이미 재가 되어버린 해사리를 보았다. 처참하게 변한 신비경과 죽은 모든 짐승을 보았다.

"아아······!"

용성군이 긴 탄식을 토해냈다. 옥석처럼 빛나던 눈에 짙은 절망과 슬픔이 어렸다.

마룡왕은 그런 용성군을 물끄러미 보았다.

저조차 위선인가? 직접 보고 있음에도 마룡왕은 용성군의 눈동자에 실린 슬픔이 위선인지 진심인지를 알 수가 없었다. 그렇기에 더욱 기묘했다.

"야화, 야화. 너는 어찌 이런 악행을 벌인 것이냐……!"

하늘이 우릉거린다. 용성군의 슬픔에 신비경의 하늘이 눈물이 쏟아내기 시작했다.

우레가 하늘에 밝혔다가 꺼뜨리고 장대비가 쏟아져 폭우가 된다. 용성군의 비늘이 빗물에 젖어 빛을 번들거렸다.

"네가 나에게 원한을 갖고 있음은 안다. 네가 나와 모든 용을 증오하는 것을 안다. 그렇다면 그 증오를 온전히 나에게 쏟으면 되었지 않으냐. 왜 신비경의 죄 없는 이들마저 모조리 죽이려 하느냐……!"

용성군이 피를 토하듯 외쳤다.

"저들은 아무런 죄가 없었다. 저들은 용곡의 학살에 관여하지도 않았거니와 그 일의 전모마저 알지 못하는 이들이 부지기수였다. 한데 왜, 왜 그들을 해쳤느냐? 그들을 해치는 것과 네 복수심이 무슨 관계가 있단 말이냐! 야화, 왜 너는 네 죄를 더 키우는 것이냐……!"

"죄?"

용성군의 탄식을 듣던 마룡왕은 작게 소리 내어 웃어버렸다. 일단 들어나 보자 싶었는데, 도저히 웃음을 참을 수가 없었다.

"그대가 본녀의 죄를 묻는 게요?"

"누구나 죄를 물을 수 있다. 그만큼이나 네가 지은 죄는 추악한 것이다."

"참 이상한 말을 하는군. 그대의 분노는 거짓으로 느껴지지 않소. 분노에 살기마저 어려 있구려. 더 이상 본녀에게 위선을 늘어놓을 필요가 없기 때문인가? 아니면 진심으로 본녀의 학살에 분노하기 때문인가?"

우둑, 우두둑.

마룡왕의 몸 안에서 뼈가 뒤틀리는 소리가 울린다.

그녀가 긴 세월 인내했던 이유. 그녀의 자유를 구속한 복수라는 사명의 종착이 바로 저 위에 있다. 그렇다면 육체를 경건히 할 수밖에. 마음은 이미 갈망과 간절과 증오와 사명으로 무장되었고, 새로운 추억을 쌓는 것을 즐기던 몸은 유흥을 버리고 살의로 다시 무장되었다.

"창명. 그대는 참 이상하군. 본녀가 멸룡전에서 수많은 용을 죽이고, 그대의 아비인 제천군을 죽였을 때보다…… 지금, 더, 분노하고 있는 것 같아."

용성군의 입이 천천히 벌어졌다. 가공할 신력과 힘이 그 안에서 요동쳤다.

"신비경을 파괴하고 짐승을 죽이는 것과 그대에 대한 원한, 복수. 그것이 무슨 상관이냐 물었소? 왜 상관이 없겠소. 그들이 죽어야 할 이유는 그대를 받들어 모셨다는 것으로 충분하오. 그 일을 죄라 하며 본녀를 탓하고 싶다면, 그대가 너무 늦게 온 것부터 자책하도록 하시오."

"이미 충분히 하고 있다. 나는⋯⋯. 너무 늦어버렸지. 너무 늦었어. 하지만 완전히 늦지는 않았다."

몰살이 아니다. 많은 이들이 죽었지만 살아남은 자들도 있다. 용성군은 그것에 감사했다.

"서로를 죄인이라 말하는군."

마룡왕이 키득거렸다.

촤르륵!

붉은 비늘이 마룡왕의 전신을 뒤덮었다. 목에서 넓게 일어난 비늘이 마룡왕의 얼굴을 뒤덮었다.

용의 머리를 형상화한 투구 너머에서 마룡왕의 눈이 살기로 번뜩였다.

"그렇다면 서로에게 죄를 물을 수밖에."

"야화."

"본녀를 그리 부르지 마시오."

마룡왕이 싸늘한 목소리로 내뱉었다. 그런 마룡왕을 슬픈 눈으로 보던 용성군은 가볍게 숨을 토해냈다.

번쩍.

거대한 빛의 기둥이 아래로 떨어졌다. 용성군이 토해낸 기염은 개벽의 빛처럼 환하고 눈부셨다.

그것을 노려보던 마룡왕의 몸이 시뻘건 용마력에 삼켜졌다.

"본녀를 그리 부를 수 있는 자는 한 명뿐이오."

핏빛이 개벽의 빛과 충돌했다.

서로 다른 빛들이 충돌해 산산이 부서진다.

마룡왕은 용성군의 토해내는 기염의 위력에 솔직하게 감탄해 주었다. 신격이 아니라고는 하였지만 이 기염의 위력은 마룡왕이 어비스에서 상대해 본 신격의 공격들과 비견해도 우월했다.

[대단하군요.]

검무희도 감탄했다.

그녀의 심안은 용성군의 기염에 휘몰아치는 거대한 흐름의 크기를 보았다. 그녀의 검이 아무리 날카롭다지만 이런 거대한 흐름을 무조건 베어낼 수 있다 장담할 수는 없으리라.

하지만 마룡왕은 아니다. 검무희를 통해 뜨게 된 심안으로 흐름을 보고 있다. 천의무봉을 알지 못하는 마룡왕으로서는 흐름에 간섭하는 것은 불가능하다. 검무희처럼 흐름을 베어낼 수도 없다.

하지만 으깨고 꿰뚫고 부수는 것은 가능하다. 마룡왕의 기염이 일점으로 모였다.

용성군의 거대한 기염에 비해 마룡왕이 내뿜는 기염은 얇은 불줄기 같았으나, 일점에 집중시킨 힘은 충돌로 엉키는 흐름의 중심을 꿰뚫을 만큼 강력했다.

푸확!

용성군의 기염이 뒤틀리며 부풀더니 터져 버렸다. 그를 꿰뚫으며 치솟은 기염이 용성군의 머리를 노렸다.

그 순간 용성군의 몸이 빛에 휘감겼다. 그는 거대한 본신 대신에 마룡왕과 같은 인간의 모습이 되었다. 그 모습은 라이 룽이 최초로 강신했을 때와 비슷했다. 머리에는 화려한 사슴뿔이 돋았고, 전신은 청록색 비늘로 뒤덮였다.

그의 가슴팍에는 찬란한 여의주가 빛났다.

"너와 싸우고 싶지 않았다."

마룡왕의 기염이 하늘을 꿰뚫었다. 우레 치는 하늘이 붉게 물들었다, 용성군이 아래로 떨어지며 중얼거리는 말에 마룡왕은 코웃음을 치며 이죽거렸다.

"두려워서겠지."

"아니, 정말로 싸우고 싶지 않았다. 널 내 동생으로 여겼던 것은 진심이었으니."

"아직도 본녀를 기만하려 드는가?"

마룡왕은 큰 소리로 웃으며 땅을 박차고 뛰어올랐다. 용성군의 몸이 청록색의 빛에 휘감겼다.

그가 천천히 양팔을 들자 공간이 울렁거렸다. 그의 힘과 신력이 가시화되며 신풍을 만들었다.

"기만이 아니다. 나는, 정말로."

"본녀는 그대의 혀를 뽑아버리겠다 다짐했소."

마룡왕은 용성군의 말을 더 듣지 않았다. 붉은 번개를 만들며 쇄도한 마룡왕은 허리를 비틀며 팔을 휘둘렀다.

굵직한 용의 팔이 용성군의 몸을 후려치려 들었다. 용성군은 미동도 하지 않았다. 그의 신풍이 마룡왕의 공격을 가로막았다.

마룡왕의 비늘이 곤두섰다. 휘감겨 오는 신풍은 떨쳐낼 수 없을 만큼 끈적거렸다. 날카로운 비늘 끝이 신풍과 맞닿았다.

"그래, 그러고 싶겠지. 하지만 야화."

"그리 부르지 말라 했을 텐데."

"네가 부정한다고 해도 내게 있어서 넌 마룡왕이 아닌 야화다. 내 동생인 야화."

마룡왕은 가늘게 뜬 눈으로 용성군을 노려보았다. 용성군의 눈동자는 여전히 슬픔에 젖어 있었다.

하지만 그것이 전부는 아니었다. 명확한 살의가 슬픔의 바탕에 깔려 있었다.

"넌 나를 증오하겠지. 그 증오는 분명 타당하다. 하지만……너는 모른다. 내가 왜 그럴 수밖에 없었는지. 왜 내가 널 죽이지 않았는지. 그를 알면 넌 날 이해할 수 있을까."

용성군의 말에 마룡왕의 입꼬리가 씰룩거리며 올라간다.

"이해를 바란다는 것은, 결국 본녀를 힘으로 죽일 자신이 없다는 말이로군."

콰르릉!

신풍은 곤두선 마룡왕의 비늘을 으깨지 못하고 역류했다. 마룡왕은 용성군에게 바짝 몸을 붙이며 낫처럼 세운 팔꿈치로 용성군의 가슴을 내리찍었다.

그러자 역류한 신풍이 용성군의 몸을 휘감았다. 용성군의 몸이 뒤로 쭉 밀려났다.

"공감을 바랄 뿐이다."

마룡왕은 대답 없이 달려들었다. 용성군의 표정에 착잡함이 어렸다. 그의 양손이 허공을 움켜쥐었다.

화아악!

마룡왕의 중심에 돌연 신풍이 출현했다. 칼날처럼 날카로운 바람이 사방에서 마룡왕을 덮쳤다.

마룡왕의 몸이 신풍에 삼켜졌다. 그 농밀한 색은 더 이상 바람이라고 할 수도 없었다. 쉬지 않고 들리는 콰직거리는 소리가 신풍 안에서 벌어지는 일을 대변했다.

"네가 듣지 않으려 한다면……. 나로서도 어쩔 수 없는 일이지."

용성군은 그렇게 중얼거리며 양손을 가슴 앞에 모았다. 그의 가슴에 박힌 여의주가 눈 부신 빛을 발했다.

환하기는 했지만 불길하고 추악한 힘이 여의주 앞에 모여들었다. 그건 죽음 그 자체를 정제한 힘이었다.

"난 언제나 널 직접 죽이고 싶지는 않았다. 만약 널 죽여야 한다면, 반드시 마지막에 그리 해야 한다고 다짐했었다."

신풍 속에서의 콰득거리는 소리는 멈추지 않는다. 용성군은 경건한 얼굴로 가슴의 여의주를 내려 보았다.

그가 양손을 천천히 내밀어가자, 여의주에 모인 죽음이 명확한 형태를 갖추고서 부풀어 올랐다.

"내 아버지가 널 죽이리라는 생각은 추호도 하지 않았다. 멸룡전에서 네가 죽을 것이라는 생각도 하지 않았다. 넌 강하고 아름다웠으며, 내가 하고 싶었던 일을 대신해 준 고맙고 사랑스러운 동생이었다."

여의주에서 뽑혀 나온 힘은 용성군의 신풍과는 전혀 다른 힘이었다.

회백색 죽음의 덩어리가 세상을 죽여 간다. 그 안에서는 제각각의 죽음을 맞이한 용들의 얼굴이 뒤섞여 일렁거리고 있었다.

"결국 내 손으로 널 죽여야 한다는 것이 너무나 슬프구나. 네게 이해를 받고 싶었으나 강요는 하지 않으마. 넌 너무 많은 죄를 지었다. 네 죽음으로 이곳에 죽은 모든 이들을 위로할 수는 없겠지만…… 완전히 악이 되어버린 널 도저히 내버려 둘 수 없구나."

쿠르르르!

여의주에서 완전히 뽑혀 나온 죽음이 전진을 시작했다. 여전히 마룡왕은 신풍 안에 붙들려 있었다. 용성군은 씁쓸한 눈으로 그것을 바라보았다.

"넌 너무 오만했다."

전진이 가속된다. 신풍 속에 갇힌 마룡왕은 바깥을 볼 수 없다. 그녀가 듣는 것은 소리뿐이다.

그것으로 충분하다. 용성군은 마룡왕에게 확실히 죽음을 선고해 주었다.

"내가 신격이 아니라서 날 얕잡아 보았겠지. 어쩌면 긴 세월 기다려 온 복수를 이제야 완성할 수 있다는 것에 흥분했을지도 모르겠구나. 내가 전하는 말을 모조리 위선이라 치부하며 더 감정적이 되었을 수도 있고."

마지막을 보고 싶지 않았다. 용성군은 고개를 들어 하늘을 올려보았다. 하늘은 여전히 그의 감정을 대변하듯 대신 울어 주고 있었다.

"야화. 널 죽이게 되어 미안하구나."

죽음이 신풍을 집어삼켰다. 용성군은 천천히 몸을 돌렸다. 순간이나마 그는 어린 동생과의 추억을 떠올렸다. 얼마 되지 않은 추억이었다.

그는 가슴에 박힌 여의주를 천천히 어루만졌다.

"소리."

소곤거리는 말.

용성군은 흠칫 놀라 고개를 돌렸다. 그 순간에 그가 본 것은 시뻘건 빛뿐이었다. 용성군은 반사적으로 뛰어올라 위로 솟구쳤다.

"그대의 웃기지도 않은 말은 충분히 무시할 수 있었지만, 그 소리는 도저히 무시할 수 없더군."

용성군은 믿을 수 없다는 표정으로 아래를 보았다. 마룡왕은 상처 하나 없는 모습으로 서 있었다. 그녀를 붙들고 있던 신풍은 비늘 하나 손상시키지 못했고, 용성군이 전진시킨 죽음은 마룡왕을 죽이지 못했다.

하나 죽음은 사라지지 않고, 마룡왕의 곁에 고여 있었다. 시뻘건 용마력이 죽음 전체를 뒤덮어서 붙잡고 있었다.

"아주 다양한 비명 소리가 들렸소."

마룡왕은 그것을 힐긋 보면서 말했다. 그녀는 죽음 안에서 일그러지는 용들의 얼굴을 보았다.

"본녀가 듣고, 기억한 비명들도 많더군. 그건 신경 쓸 것도 없지. 하지만 도저히 무시할 수 없는 비명들도 있었어. 본녀의 어머니와 마룡들."

마룡왕은 죽음을 향해 손을 뻗었다. 으스러뜨릴 듯 죄어오는 용마력이 정제된 죽음마저 소멸시켜 버렸다.

"이건 용의 힘이 아니구려. 용옥에서 끌어온 힘…… 후후. 한 번 죽은 용들의 혼을 되불러서 한데 뭉쳐 버린 것이 용옥이라지? 추잡하기 짝이 없는 힘이오."

"야화……!"

"본녀를 오만하다고 말했소? 뭐 틀린 말은 아니외다. 본녀는 오만하지. 오만하고말고. 본녀는 이만큼이나 강하오. 용곡에서 홀로 살아남은 어린 마룡이 증오와 복수심만으로 힘을 키워 마룡왕이 되었소. 그러니 오만할 수밖에. 본녀의 오만함은 본녀가 이룩한 힘에 대한 자신감이오. 본녀는 그를 부끄러이 여기지 않소."

마룡왕은 그렇게 말하면서 용성군을 올려보았다.

"하지만 창명. 그대는 대체……. 왜 오만한 것이오?"

마룡왕의 목소리에 경멸이 어렸다.

"그대의 힘은 제법 대단하오. 신격이 아니더라도, 그대의 힘은 그 자체만으로도 신격에 준하오. 하나 그것으로는 부족하지. 오만해지기에는 너무 부족해. 그 외의 힘? 신력? 용옥? 그것이 그대가 오만해도 될 이유라 생각하오?"

전혀.

마룡왕의 발이 땅을 내려찍었다.

쿠우웅!

신비경 전체가 뒤흔들렸다. 용궁이 삐걱거렸고 하늘이 주저 않는다. 하늘에 떠 있던 용성군의 몸이 휘청거렸다.

"하고 싶었던 일을 대신해 준 고맙고 사랑스러운 동생. ⋯⋯ 후후. 후후후. 이제야 알겠군. 그대는 본녀를 이용한 거야."

마룡왕은 키득키득 웃으면서 양손을 들어 투구를 감쌌다. 비늘이 촤락 열리며 마룡왕의 얼굴이 드러났다. 그녀는 만면에 가득 미소를 짓고 있었다.

"용곡의 마룡이 멸룡전을 일으킨다는 예언은 진짜였겠지. 그를 두려워 한 제천군이 마룡을 몰살시키는 것은 당연한 수순이었고. 그중⋯⋯ 그대는, '하나'를 골랐을 뿐이오. 홀로 살아남아 증오와 복수심에 무장 될 하나. 동시에 그대와 연고가 있고, 최악의 사태가 되었을 때 달콤한 말로 속일 수 있을 만한 '하나'를. 그게 본녀였을 뿐이오."

마룡왕은 더 이상 투구를 쓰지 않았다. 자신의 웃음을 용성군에게 보여주고 싶었기 때문이다.

그녀는 성큼성큼 걸으며 용성군에게 다가갔다. 내리 찍히는 압력에 저항하던 용성군의 눈에 불빛이 켜졌다.

거대한 신풍이 용성군의 몸을 휘감았다. 여의주는 밝지만 불길한 빛을 뿜어댔고 신풍에 죽음이 뒤섞였다.

"무척 잘 골랐다고 할 수 있겠소. 그대의 선택은 탁월했단 말이오. 그대는 성공했소. 그대의 선택으로 본녀는 살아남았고, 멸룡전이 일어났지! 그대의 아비를 포함한 수많은 용이 멸룡전에서 죽었소. 그래, 그렇게 본녀는 그대가 하고 싶은 일을 대신해 주었지."

용성군은 바람이 되었다. 신속의 바람이 마룡왕을 덮쳐온다. 마룡왕은 빙긋 웃으며 손을 들어 올렸다.

"잘 포장해 말해도 그 정도."

쫘앙!

마룡왕이 휘두른 손이 바람을 터뜨렸다. 용성군의 몸이 땅에 내리꽂혔다. 마룡왕은 용성군의 목을 꽉 죄고서 허리를 굽혀 용성군의 얼굴을 바라보았다.

"포장은 집어치우지. 이제부터는 솔직하게 말하도록 하겠소. 그대는 단지 겁쟁이였을 뿐이오. 또 거짓말쟁이기도 하지. 그대는 본녀만큼이나 용이라는 종을 경멸하고 있소. 그러면서도 충실하게 선한 창명을 연기해 왔지."

목이 잡혔음에도 용성군은 버둥거리지 않았다. 대신에 그는 손을 휘둘러 마룡왕을 공격했다.

터억!

그 손을 가로막은 것은 마룡왕의 꼬리였다.

"왜 그대가 용을 경멸하는지는 딱히 궁금하지 않소. 단지 그대가 거짓말쟁이고, 겁쟁이라는 말을 하고 싶은 것뿐이니. 그대는 용을 경멸하지만 직접 멸룡전을 일으킬 용기는 없었고,

본녀를 이용해 멸룡전을 일으켰소. 그대가 죽이지 못했던 용들을 본녀가 대신해 죽여주었지."

쫘드득.

마룡왕의 꼬리가 용성군의 손목을 단단히 죄어왔다.

"그대는 오만해서는 안 되오. 오만해질 자격이 없소. 그대가 한 일 중 자랑이라 할 만한 것은 거짓말쟁이로서 훌륭히 연기를 해낸 것뿐이오. 그대가 용옥을 만들 수 있었던 것은 용곡에서 죽은 마룡들과 본녀가 죽인 용들의 시체를 도둑질한 덕분이지."

용성군의 뿔이 빛을 내뿜었다.

쫘지직!

하늘에서 우릉거리던 뇌전이 일제히 아래로 쏟아졌다. 마룡왕은 코웃음을 치며 용성군의 몸을 들어 올렸다.

그녀는 용성군의 저항을 기쁘게 받아들이며, 용성군의 몸을 확 던져 버렸다. 그리고 용마력을 휘둘러 뇌전을 모조리 지워 버렸다.

"자, 그대가 자기 힘으로 한 일이 무어가 있을까? 원로들을 죽인 것? 멸룡전에서 살아남은 용들을 죽인 것? 그래, 그건 그대의 힘으로 한 일이 맞지. 그래서 오만한 거요? 고작 그런 일을 스스로 해냈다고 으스대고 싶은 게요? 그럼 칭찬이라도 해 드릴까?"

뇌전이 계속해서 쏟아진다. 죽음을 실은 신풍이 덮쳐온다. 마룡왕은 전신을 용마력에 휘감고 도약했다.

그녀의 손이 뇌전을 찢고 신풍을 꺼뜨리며 죽음을 흩뜨렸다. 용성군의 팔이 용의 팔로 뒤바뀌었다. 그는 고함을 지르며 팔을 휘둘렀고, 마룡왕의 꼬리가 그것을 꿰뚫었다.

"그대는 약해."

손바닥을 관통한 꼬리가 용성군의 팔을 부욱 찢었다.

"오만해선 안 될 정도로 약해."

홱 뛰어든 마룡왕의 양손이 용성군의 머리 위로 떨어졌다. 창백한 안색의 용성군은 몸을 뒤로 빼며 신풍을 폭사시켰지만, 그건 더 이상 마룡왕을 가로막지 못했다.

마룡왕은 더 이상 용성군의 힘이 자신을 즐겁게 해주지 못할 것을 알았다. 그렇다면 다른 식으로 즐겨야만 했다.

마룡왕의 손이 용성군의 뿔을 붙잡았다. 그녀는 그 뿔을 부러뜨리고 용성군의 안면에 무릎을 내리꽂았다.

날가롭게 일어선 비늘이 용성군의 얼굴을 찢었다. 튀어 붙은 피가 뜨겁다. 격동하는 마룡왕의 심장과 피도 뜨거웠다.

"본녀의 죽음을 선언하기에는 너무 약해."

마룡왕의 꼬리가 용성군의 팔을 붙잡았다. 그녀는 용성군의 팔을 통째로 뜯어내며 용성군의 어깨를 붙잡았다. 용성군의 입은 비명을 참기 위해서인지 꽉 다물려 있었다.

"왜 아까부터 닥치고 있는 게요?"

팔이 뽑혔다. 마룡왕은 뽑아낸 팔을 아무렇게나 던져 버리고서 반쯤 찢어주었던 반대편 팔을 붙잡았다. 그것을 마저 찢을 즈음에야 용성군의 입이 벌어졌다.

"커윽."

벌린 입에서 나온 것은 짧은 신음이었다.

마룡왕은 어깨를 들썩거리며 웃었다.

"본녀는 왜 그대가 닥치고 있는지를 알지. 닥칠 수밖에 없는 것이오. 본녀의 말에 반박할 수 없으니까. 그대가 무슨 말을 하건 간에 본녀를 멈출 수 없음을 아니까. 아, 어쩌면 우리의 오라버니는……. 아직도 희망을 갖고서 본녀를 기만할 거짓말을 생각하고 있을지도 모르겠군."

마룡왕은 용성군의 목을 잡고 땅에 내리꽂았다. 마룡왕은 흙먼지 속에서 천천히 몸을 일으켜 발을 들어 올렸다.

"본녀는 강하오."

마룡왕의 발이 용성군의 왼쪽 다리를 으깨었다.

"오만해도 될 정도로 강해."

오른 다리는 양손으로 붙잡았다. 그 다리를 용성군의 눈앞까지 꺾은 다음, 보란 듯이…… 천천히, 아주 천천히 비틀어주었다.

"본녀가 하고자 했다면 어비스의 모든 신격이 본녀에게 죽었을 것이오. 왜 본녀가 그때 그대를 죽이지 않았는지 알고 있소? 그대와 같은 이유라오. 본녀는 그대를 마지막에 죽이고 싶었소. 그대가 가슴 졸이며 언제 죽을지 두려움에 떨게 하고 싶었지. 혹은, 혼돈의 근원을 손에 넣은 뒤에 그대를 죽이고 싶었소."

우둑, 우두두둑.

용성군의 다리가 꽈배기처럼 꺾인다. 용성군은 입을 쩍 벌리며 덜덜 떨었다. 꺽꺽 끊기는 비명이 마룡왕에게는 듣기 좋은 음악처럼 느껴졌다.

"그때는 그랬소. 지금은 아니오. 본녀는 더 이상 그대의 죽음을 유보하지 않을 거요."

쥐어 짜인 다리가 버티지 못하고 끊어진다. 분수처럼 솟구치는 피를 맞으며 마룡왕은 기분 좋은 해방감을 만끽했다. 오랫동안 인내해 온 복수는 이토록 달콤했다.

"아, 이런."

하나 그 즐거움이 여운으로 남기도 전에. 마룡왕은 아차 싶이시 감고 있던 눈을 떴다. 그녀는 관자놀이를 톡톡 치면서 용성군을 내려다보았다.

"가장 먼저 그대의 혀를 뽑아버리겠노라 생각했는데. 이거 참……. 깜빡해 버렸군"

마룡왕은 그렇게 말하면서 홱 몸을 숙였다. 희열과 광기에 찬 붉은 눈이 용성군을 본다. 그럼에도 마룡왕이 짓는 미소는 너무나도 달콤했다.

마룡왕은 양손으로 용성군의 턱과 뺨을 붙잡았다. 용성군은 힘을 쥐어짜 입을 다물려 했다.

마룡왕은 큭큭 웃었다.

"자, 창명. 즐거운 선택의 시간이오."

마룡왕의 머리가 보다 가까이 붙었다. 그녀는 용성군의 눈동자에 비치는 자신의 얼굴을 보며 만족했다.

"직접 아가리를 벌리고 혀를 내미시겠소? 아니면……. 본녀가 아가리를 찢어버리게 하시겠소?"

7장
달콤한

용성군은 떨리는 눈으로 마룡왕을 올려보았다.

마룡왕은 즐거운 표정으로 용성군의 대답을 기다렸다. 대답이 돌아올 때까지의 침묵은 조금도 지루하지 않았다. 하지만 기왕이면, 용성군이 보다 발악하는 것을 바라였다. 이런 날이 올 것을 그리며 견뎌낸 인고의 보답을 위해서라도, 이 달콤한 복수를 조금 더 즐기고 싶었기 때문이었다.

사지가 뜯기기는 했지만, 이 정도 상처는 용성군에게 결코 치명적이라 할 수는 없었다. 아직 용성군의 힘은 바닥나지 않았다. 발악하고자 한다면 더 발악할 수 있을 것이다.

그리고 그 발악은 결코 마룡왕을 위협하지 못할 것이다. 스스로 자부한 만큼 마룡왕은 오만해도 될 정도로 강했다.

"……넌."

용성군의 입이 벌어졌다. 그건 마룡왕이 건넨 양자택일의 선택은 아니었다.

하지만 마룡왕은 자신의 선택이 무시당한 것에 분노하지 않았다. 오히려 그녀는 가학적인 기쁨을 느꼈다.

'벌써' 체념하여 혀를 내밀었다면, 이 달콤한 복수를 더 즐길 수 없을 테니까.

"나를 모른다."

"겁쟁이, 거짓말쟁이. 그것으로도 부족하오?"

"내가…… 왜…… 거짓말을 해가며 널 이용했는지. 너는 전혀 모르고 있다."

"아하하. 거짓말쟁이라는 것은 인정해도 겁쟁이는 인정하고 싶지 않은 모양이군. 최후의 자존심이라는 거요?"

"난 겁쟁이가 아니다."

용성군은 꽉 눌린 목소리로 대답했다. 마룡왕을 올려다보는 그의 눈빛은 절망감에 퇴색되었으나, 이 상황에 대한 공포는 없었다. 그의 의지는 여전한 사명감과 신념으로 지탱되고 있었다.

마룡왕 또한 그것을 알고 있다. 이렇게까지 몰아붙여 주었는데. 대체 어떤 사명감과 신념이 그를 지탱하고 있는 것일까.

마룡왕은 슬쩍 고개를 내려 용성군을 보았다. 용성군이 더 헛소리를 하려 든다면 그의 아가리를 찢고 혀를 뽑아줄 생각이었는데…….

"왜 겁쟁이가 아니라는 것이오?"

생각이 바뀌었다. 용성군의 사명과 신념이 무엇인지 궁금해
졌다. 마룡왕은 미소를 엷게 하며 눈썹을 찡그리고 고개를 갸
웃거렸다.

다분히 의도한 표정이었다. 마룡왕은 용성군이 무슨 말을
지껄이든 간에 결코 현혹되지 않을 것이다. 그만큼이나 그녀
의 의지는 굳건했고, 사명과 신념에 기인한 일이라 한들 마룡
왕이 겪은 과거와 용성군의 악행이 정당화되는 것은 아니다.

그럼에도 궁금한 것은. 그를 앎으로써 용성군을 보다 절망
시키고 싶었기 때문이다. 저 같잖은 신념과 사명을 통째로 꺾
고, 그를 완전히 절망시키고 싶었다.

"본녀는 그대를 이해할 수가 없소. 창명, 그대는 겁쟁이요.
더더욱 이해할 수 없는 것은, 그대가 '왜' 그런 짓을 하였는가
요. 본녀가 기억하는 그대는…… 지금 생각하면 그조차 거짓
이겠지만, 본녀와는 다르게 모두에게 사랑받는 용이었소."

"넌 나를 모른다."

"후후, 똑같은 말만 하는군. 당연히 모를 수밖에 없지 않소?
창명, 본녀가 아는 그대의 모든 것이 거짓과 위선이었소. 그대
스스로 그리 비춰지게 굴었으면서, 자신을 모른다고 앵무새처
럼 말하는 것은 구차하지 않소?"

마룡왕은 그렇게 말하면서 꼬리를 들어 올렸다. 창끝처럼 날카로운 꼬리가 용성군의 가슴에 박힌 여의주에 닿았다. 그러자 용성군은 움찔 어깨를 떨며 마룡왕을 노려보았다.

마룡왕은 키득키득 웃으면서 꼬리로 여의주를 훑었다. 그럴 때마다 신경이 오싹거린다.

본래 용의 여의주는 이런 식으로 대놓고 드러나 있지 않다. 이렇게 드러낸 것은……. 이 여의주가 용옥과 공명되어 있기 때문이다. 몸 안에 감추기에는 너무나 비대한 힘이기에, 이렇게 드러나 있을 수밖에 없는 것이다.

"정말 이해할 수 없는 일이오. 대체 그대는 왜 이렇게 된 것이오? 그 착하던 본녀의 오라버니가, 왜 이렇게 추악한 짓을 벌인 것일까?"

"……이게 옳은 일이기 때문이다."

"글쎄. 그 말은 더더욱 이해할 수가 없군. 무엇이 옳았다는 것이오? 왜 모든 용에게 사랑받던 그대가, 멸룡전을 의도해 용들을 떼죽음으로 몰아넣고 용옥까지 만들려 한 것이오?"

마룡왕의 꼬리가 움직인다. 꿈틀거리는 꼬리가 용성군의 목젖 앞에 멈췄다.

"설마 그대는 용신이 되고 싶었던 것이오? 용신이라는 감투와 절대적 권능에 눈이 멀었소? 대체 어떤 야망이 그대를 현혹시킨 것이오?"

"야망?"

마룡왕의 이죽거림에 용성군은 큭큭 웃었다. 마룡왕의 말이 우스워 견딜 수 없다는 얼굴이었다.

"그깟 사욕(私慾)으로 내가 그런 일들을 벌인 것 같으냐. 내 아버지를 비롯해 모든 용을 죽음으로 몰아넣고, 내 손으로 죽이고, 죽은 뒤조차도 안식 없이 용옥에 묶이게 한 것이……. 고작 사욕 때문일 것 같으냐. 아니, 전혀 아니다. 모든 용 중에서 오직 나만이 옳고 선했다. 오직 나만이 용이 아닌 세상을 위할 줄 알았다."

그것이 용성군을 지탱하는 사명과 신념이었다. 마룡왕은 두근거리며 뛰는 심장을 진정시켰다.

더, 더. 아직은 아니다.

조금 더 높이, 잘난 듯이, 숭고하려 들 때.

"네게는 죄책감을 느낀다."

용성군의 목소리는 낮았다. 하나 위압적으로 들리지는 않는다. 낮은 저음은 듣는 쪽의 기분을 안정시켰고 감정적 떨림은 없다. 그 모든 것이 용성군의 진심을 전하는 도구였다.

"내가 하고 싶었던 일을 네게 떠맡겨 버려서. 아까, 왜 닥치고 있느냐고 물었지. 네 말을 부정할 수 없었기 때문이다. 내가 어떤 의도로 그런 일을 하였든, 네게는……. 그렇게 비칠 수밖에 없을 터이니. 너는 내가 아니고, 나는 내가 아니다. 그래서 아무런 말도 할 수가 없었다."

"결국 본녀를 선택한 것은 다분히 의도적이었다는 말이로군."

"네 말대로였지. 확실히, 나는 예언대로의 멸룡전을 위해 마룡을 '선택'했다. 내 아버지는 나를 신뢰했고, 용을 위해서라면 그 어떤 부조리한 악행도 대의로서 처리할 것이라 믿어 의심치 않았지. 덕분에 선택할 수 있었다. ……널 선택했지."

"본녀가 그대의 동생이라?"

"이유 중 하나였다. 네 말대로, 만약의 상황이 되었을 때 나는 네 '공감'을 이끌어낼 수 있을지도 모른다고 생각했다. 너라면……. 내 동생인 너라면, 내가 추구하는 대의를 이해해 줄 수 있을지도 모른다고."

용성군은 그렇게 말하고서 자조적인 미소를 지었다. 자신이 한 일이지만, 그것이 결코 떳떳할 수 없음에 대한 미소였다.

"그리고 널 그 자리에서 죽이고 싶지도 않았지. 넌 어렸고……. 내 동생이었다. 복수를 위해 살게 될 것을 알았지만, 그렇게라도 더 살게 해주고 싶었다. 또한 너에게는 눈부신 재능이 있었다……. 너라면, 널 살린다면, 반드시 멸룡전을 일으켜 줄 것이라 믿었다."

실제로 그렇게 되었다.

그것은 마룡왕도 자부하고 있었다. 살아남은 것이 용곡의 다른 마룡이었더라면, 결코 마룡왕과 같은 신화를 이룩해 내지 못했을 것이다.

"하지만."

용성군이 긴 탄식을 흘렸다.

"나는 네게 죄책감을 느끼면서도…… 네가 부러웠다."

"……부러웠다고?"

"만약 내가 마룡으로 태어났더라면 얼마나 좋았을까. 내가 마룡으로 태어났다면……. 내가 직접 멸룡전을 일으켰다면. 물론 이뤄지지 않을 바람이지. '내가' 마룡이 아닌 용으로 태어났기 때문에, 야화 네가 살아남고 멸룡전이 일어난 것이니까."

용성군은 그렇게 중얼거리면서 애잔한 눈으로 마룡왕을 응시했다.

"야화. 넌 내가 용을 경멸한다고 말했다. 그 말은 옳다. 나는 용을 경멸한다. 용으로 태어났지만, 나는 내가 속한 종족을 뼛속 깊이 경멸하고 있다. 넌 오랫동안 복수와 증오를 인내했겠지. 하지만 내 경멸은 네 증오보다 오래되었다."

용성군은 바닥에 누운 채 고개를 돌렸다. 그는 황폐해진 신비경의 풍경과, 수많은 영물의 시체를 보았다.

잠시 그것을 보던 용성군은 눈을 질끈 감았다. 도저히 보고 싶지 않은 광경들이었다.

"용은 특별하다."

용뿐만이 아니다. 초월종으로 태어난 모든 이들이 특별하고, 부조리하다. 그들은 단지 태어났다는 것만으로 그 생에 무구한 영광을 보장받는다.

"하나 용은 부조리할 정도의 혜택을 누리고 있으면서도 불온하다. 세상을 수호하는 것보다는 제 배만 불리려 드는 것이 용이라는 종족의 실상이다. 가엾은 약자의 위에 군림하면서 그들이 바치는 것을 당연하다는 듯이 차지하고, 그로도 만족을 몰라 착취한다. 그뿐만이 아니지. 유희랍시고 인간 흉내를 내어 세상을 어지럽히는 용들도 부지기수이며, 조금 기분이 상했다는 이유로 도시 하나를 지워 버리는 용들도 많았다."

그것은 비단 용에게만 해당되는 이야기는 아니었다. 대부분의 초월종들이 저렇다. 그들이 보장받는 압도적인 격과 힘은 대부분 하위격의 존재를 핍박하는 것에 쓰인다. 인과율에 얽매인 신격이 강신하지 못하는 세계에서, 초월종의 난동은 막을 수 없는 재앙으로 여겨진다.

"그것이 옳은가?"

용성군은 감은 눈을 뜨고 마룡왕을 바라보았다.

"용 종족 수장의 아들로 태어난 나는 아주 많은 것을 보았다. 내 아버지에게 바쳐지는 수많은 제물. 아버지는 별 욕심도 없으면서도 매해 각국에서 바쳐지는 제물을 받았다. 언젠가 한 번은 제물이 전해보다 부족하답시고 혈기왕성한 젊은 용들을 보내 징벌을 명하더구나."

용성군의 목소리에 떨림이 실렸다.

"내 아버지는 어린 나에게 쭉 말해왔다. 용은 균형을 수호하는 사명을 가진 종족이라고. 언젠가 이 세상을 위협할 존재, 마왕이나, 그에 준하는 불온한 존재가 나타나 세상을 어지럽힌다면. 용은 그에 맞서 세상과 균형을 수호해야 한다고 말이다."

"그건 본녀도 몇 번인가 들었지."

"그 언제 나타날지 모르는 악을 위해, 수많은 이들이 용의 부조리를 견뎌내고 있는 것이다. 제 배를 곯아가며 제물을 바치고, 균형의 수호자인 용에게 심심풀이와 감정풀이로 죽어나간다. 그렇다면 대체 무엇이 악인가? 강림하지도 않은 마왕? 마왕에 준하는 뭔지 모를 존재? 아니, 그들은 악이 아니다. 당장 세상을 어지럽히고 균형을 뒤흔드는 것은 용이었다. 그렇다면, 대의와 균형을 위해서 무엇에 맞서야 하는가?"

창명의 목소리가 커졌다. 상기시킨 신념과 사명이 창명의 의지에 불을 붙였다.

그는 부릅뜬 눈으로 마룡왕을 보며 말했다.

"난, 내가 해야 한다고 결심했다. 그 어떤 용도 용에게 잘못을 물으려 하지 않았기에. 내가, 직접 할 수밖에 없었다."

"그래서 용옥을 만들었다는 것이오?"

"이 세상에 용이 남을 필요는 없다. 유일하게 깨우친 나만이 남아 용신이 된다면. 반드시 세상은 평화로워진다. 난 용신이 되어 어지러운 세상을 바로잡고자 했다. 용뿐만이 아니다. 모든 초월종이 부조리하다. 그렇다면 대의를 위해 그들 전체에게 희생을 강요할 수밖에 없지. 그를 위해서라면 반드시 용신이 되어야 했다. 어비스에 온 이유도 그 대의를 이뤄내기 위해서였다. 내가 추구하는 대의를 이루는 것이 용신의 힘으로도 가능하다 장담할 수 없으니!"

용성군은 고개를 치켜들어 마룡왕에게 바짝 머리를 붙였다.

"우리의 세상뿐만이 아니다. 모든 세상이 부조리에 가득 차 있다. 그 세상의 모든 약자가 운 좋게 잘 태어난 특권층에게 핍박받고 있다. 그들이 무슨 잘못을 하였다고 그 부조리에 희생되어야 한단 말이냐?"

마룡왕은 아무런 말도 하지 않고 용성군의 말을 들었다.

용성군은 마룡왕의 침묵에 기쁜 미소를 지으며 계속해서 내뱉었다.

"신비경의 영물들은 미물로 태어나 고된 노력 끝에 지금의 격을 갖춘 이들이다. 초월종으로 태어난 우리와는 다르게, 약하게 태어나 간신히 자격을 갖추었단 말이다. 그래서 나는 그들을 사랑했다. 그들이야말로 세상의 절대적 부조리에 저항해 온 자들이라 할 수 있을 터이니. 그들뿐만이 아니다. 나는 모든 약자를 사랑한다. 용궁의 뒤에 무엇이 있는 줄 아느냐? 날 섬기다 죽어간 모든 이들의 무덤이 있다. 나는, 그들 전부를 기억하고 사랑한다. 내가 추구하는 대의에 희생당한 그들을……
절대 잊을 수 없었다."

마룡왕의 눈동자가 가늘게 떨렸다. 용성군은 그것을 놓치
지 않고 보았다. 용성군은 격앙된 목소리를 진정시키며 천천
히 고개를 뉘었다.

"……야화."

용성군의 목소리에 간절함이 어렸다.

"용을 증오하는 너라면 날 이해할 수 있을 것이라 믿는다.
나 역시 너와 다르지 않다. 네가 용을 증오하듯 나 역시 용을
증오한다. 아니, 오히려 내 증오가 너보다 클 것이다. 내 대의
는 잘못되지 않았다. 나는 세상을……."

"흠."

마룡왕은 천천히 고개를 끄덕거렸다. 그녀의 눈동자는 더
이상 흔들리지 않았다.

찌푸린 눈썹이 펴지고 질끈 문 입술이 열렸다. 그녀는 방긋
웃으면서 고개를 끄덕거렸다. 용성군의 목 근처를 맴돌던 꼬리
가 뒤로 움직였다.

"이제 되었군."

"……뭐?"

콰악!

꼬리가 내리 찍혔다. 마룡왕의 꼬리는 정확히 용성군의 배

를 관통했다.

용성군은 컥 하고 피를 토하며 허리를 젖혔다. 마룡왕은 내려온 머리를 뒤로 넘기면서 말했다.

"더 들을 것이 없다는 말이오. 그대의 신념과 사명, 모조리 들었소. 이후 그대가 할 말은 뻔하기 짝이 없지. 창명. 결국 그대는…… 스스로 죽을 생각은 없지 않소?"

"꺼, 윽……!"

"그대의 경멸은 뭐, 이해하지 못할 것은 아니오. 하지만 공감은 되지 않는군. 일단…… 그대는 본녀에게 죽음을 강요하고 있잖소? 그대는 직접 죽을 생각이 없으니 말이오. 그대의 잘난 대의를 추구하기 위해서라도 결코 죽을 수 없지."

마룡왕은 키득키득 웃으며 용성군의 배에 꽂힌 꼬리를 움직였다. 산 채로 내장이 헤집고 찢기는 고통에 용성군의 입이 쩍 벌어졌다.

"본녀가 죽으면 용옥이 완성될 것이고. 그것으로 그대가 당장 용신이 될지는 모르겠으나……. 어찌 되었든, 본녀의 죽음을 발판 삼아 그대는 살아남겠지. 하지만 말이오. 본녀는 죽을 생각이 없소."

"야…… 화……!"

"그리 부르지 말라 했을 텐데. 쭉 참고 있었지만 너무 역겹더군."

마룡왕은 손을 활짝 펼쳤다.

"미안하지만, 창명. 본녀는 부조리를 그리 싫어하지 않소."

마룡왕의 손이 용성군의 얼굴로 향했다.

"본녀가 부조리를 직접 겪고, 또 부조리의 수혜를 받았기 때문이지. 모든 약자를 사랑한다고? 걸작이로군. 그 약자를 희생시켜 온 주제에 말이야. 신비경의 짐승들이 부조리에 저항해 격을 갖추었다고? 하하, 창명. 앉은 자리가 달라지면 보이는 것이 달라지고 느끼는 것이 달라지는 것이 당연한 이치인 법이요. 그대가 사랑한 짐승들은 추악한 괴물들이었소. 어린 약자를 핍박하고 죽이는 것에 아무런 죄책감을 느끼지 않는. 그대가 경멸한 부조리한 용들과 다를 것 없지."

마룡왕의 손이 용성군의 턱을 붙잡았다.

"그대가 모든 초월종을 지워 버린다 해도 세상이 올발라지는 것은 아니오. 세상은 본래부터 추악하고 부조리하오. 기득권이 사라지면 새로운 기득권이 생겨나는 것이 당연한 이치지. 그대의 사명과 신념은 흔해 빠진 이상론일 뿐. 당장 그대부터가 그 이상을 추구하기에 적합한 군상은 아니라오. 그러니 그대는 거짓말쟁이며, 자신의 죄를 인정하지 못하는 겁쟁이인 게요."

"그렇지 않······."

"가치관은 다른 법이오. 그대는 본녀가 아니고, 본녀는 그대가 아니지. 서로 다른 우리는 결코 서로를 완전히 이해하고 공감할 수 없소. 아주 간단하지 않소? 본녀는 그대의 개소리에 도저히 눈이 멀 수 없겠소이다."

용성군의 턱을 붙잡은 마룡왕의 손에 힘이 들어갔다.

"하지만 너무 분해하지는 마시오. 그대가 죽어 부조리한 용이라는 종족은 멸망하는 것이오. 물론 그렇다고 세상이 바뀌지는 않겠지. 용이 사라진 세상에서는 다른 누군가가 부조리의 수혜를 만끽하고 있을 거요. 다른 세상의 용들은 여전히 남았을 것이고. 그리고⋯⋯. 본녀도. 그 부조리를 기분 좋게 즐기도록 하겠소. 본녀는 약자가 아니니 말이오."

뚜둑, 뚜둑.

용성군의 턱이 부서지기 시작했다. 용성군은 이를 악물고 마룡왕을 노려보았다.

'드디어.'

마룡왕은 전신의 오싹거림을 느끼며 상기된 뺨을 일그러뜨리고 웃었다.

저 눈에 절망이 뒤덮인다. 신념과 사명이 절망에 먹히고 공포가 피어오른다.

애걸할까? 애걸해 줄까? 부디.

"그⋯⋯ 만, 나는⋯⋯."

"뭐라고? 잘 들리지 않소. 다시 말해보시오."

마룡왕이 기쁘게 소곤거렸다.

용성군은 억지로 목소리를 쥐어짜, 살짝 벌어진 입으로 말했다.

"제발…… 야화……."

"아!"

척추가 찌릿했다. 마룡왕은 등골을 젖히며 눈을 감았다. 살면서 느낀 것 중 제일의 희열이 마룡왕의 몸을 떨리게 만들었다.

"멋져."

콰득!

마룡왕의 손이 용성군의 턱을 완전히 부수었다. 그녀는 활처럼 젖혀진 허리를 홱 튕겨 용성군 쪽으로 몸을 기울였다.

더 이상 그녀는 용성군에게 선택을 강요하지 않았다. 이제는 더 그럴 필요가 없게 되었다.

"복수는 이토록 멋지고, 달콤한 것이었소."

제천군을 죽였을 때보다 더.

"결코 허무하지도 않소. 본녀는 죽을 때까지 이 달콤한 희열을 기억할 것이오. 이 희열이 본녀의 영원을 지탱하며 본녀가 누구인지를 잊지 않게 해줄 것이오. 그리고, 본녀가 쌓은 추억 중 특히나 눈부신 추억으로 남을 것이오."

용의 팔이 가녀린 팔로 바뀐다.

마룡왕은 용성군의 입안을 향해 조심스레 손을 뻗었다. 깨지기 쉬운 세공품을 다루듯 힘을 뺀 손가락이 용성군의 혀를 붙잡았다.

"오라버니."

마룡왕은 들뜬 목소리로 소곤거렸다.

꽈드득!

용성군의 혀가 뿌리째 뽑혔다. 용성군은 꺽꺽거리며 비명을 질렀다.

마룡왕은 손가락 사이에서 꿈틀거리는 용성군의 혀를 보며 킬킬 웃었다. 그리고 그 혀를 꽉 쥐어짜 버렸다.

그것으로 끝이 아니었다. 마룡왕은 뒤로 물러서서 용성군의 배 위에 섰다. 그녀의 양손이 다시 용의 팔로 변했다.

"본녀가 결코 잊을 수 없도록."

마룡왕의 손이 용성군의 여의주를 붙잡았다. 용성군은 창백한 안색을 일그러뜨리며 버둥거렸다.

휘몰아치는 신풍이 마룡왕을 덮쳤으나, 마룡왕은 그것을 걷어내지 않고 모조리 비늘로 받아냈다.

여의주를 붙잡은 손끝이 찌릿거리며 비늘이 타들어 간다.

그건 조금도 아프지 않았다. 오히려 쾌감으로 느껴졌다.

"어린 시절 쌓지 못했던 추억을 지금 함께 쌓아가는 것이오."

꽈드드득!

힘을 준 손가락이 용성군의 가슴에서 여의주를 뽑아내기 시작했다.

여의주의 뿌리는 아주 깊었다. 그저 구슬이 아니었다. 뽑아내도 뽑아내도 완전히 뽑히지 않는다. 그를 뽑아낼수록 용성군은 소름 끼치는 비명을 질렀다.

콰르르르!

여의주가 박혔던 가슴에 섬뜩한 죽음이 역류했다.

"하하하!"

마룡왕은 광기에 절은 웃음을 터뜨리며 기어코 여의주를 뿌리째 뽑았다.

'크기'를 견뎌내지 못한 용성군의 몸이 갈기갈기 찢겨 터져 나갔다.

사방으로 피가 튀었고, 그 순간에 마룡왕은 꼬리를 움직여 용성군의 머리가 날아가지 않도록 붙잡았다.

쿠우웅!

마룡왕은 뽑아낸 '뿌리'를 피가 난무한 땅 위에 내려놓았다. 여의주와 이어진 뿌리인 용옥은, 여전히 기괴하게 꿈틀거렸다.

"아아."

마룡왕은 꼬리로 잡고 있던 용성군의 머리를 가져왔다. 아직 그 머리는 살아 있었다.

마룡왕은 헐떡거리는 용성군의 머리가 앞을 잘 볼 수 있도록, 그리고 잘 '보이도록' 양손으로 잡고 품에 끌어안았다.

"어머니."

마룡왕은 용옥을 보며 애잔한 미소를 지었다.

설마 이 말을, 이런 기분으로 말하게 될 날이 올 것이라고 상상해 본 적은 없었다.

이것은 추억에 잠긴 혼잣말 따위가 아니다. 그녀의 어머니인 화조명은 마룡왕의 부름을 듣고 있었다.

마룡왕은 이런 식으로나마 어머니와 재회하게 해준 용성군에게 조금의 감사와, 그를 통째로 집어삼킬 거대한 분노와 경멸을 느꼈다.

"끄……."

마룡왕의 팔에 힘이 들어갔다.

용성군이 꽉 다문 입술을 파들거리며 신음을 냈다. 그는 머리만 남았음에도 아직 살아 있었다.

분노와 경멸을 떠나, 그것도 고마운 일이기는 했다. 용성군이 바퀴벌레처럼 질긴 목숨을 가진 덕분에, 지금 이렇게 그를 안고서 어머니를 볼 수 있다.

용옥이 꿈틀거린다. 기괴하게 뭉친 살덩어리의 정상에서 화조명이 일어섰다. 마룡왕은 그 모습을 보며 환하게 웃었다.

수백 년 만의 재회다. 마룡왕의 마음이 약해질 때마다, 그녀는 죽은 어머니의 꿈을 꾸곤 했다.

그토록 그리워했던 분이지만, 이렇게 다시 만나는 것에 조금의 눈물도 흐르지 않았다.

그럴 이유가 없었기 때문이다. 오늘은 멋지고 좋은 날이지 슬픈 날은 아니었기에.

"야화."

눈을 뜬 화조명은 마룡왕을 내려다보며 딸과 같은 환한 미소를 지었다. 재회의 기쁨과 더불어 화조명의 눈동자는 촉촉이 젖어가 눈물을 흘렸다.

오랜 세월이 지나 맞이한 재회다. 딸이 복수를 이루었다는 것에 큰 기쁨을 느끼는 것은 화조명도 똑같았다.

하지만 그녀는 마냥 기뻐할 수는 없었다. 복수를 이루기까지 딸이 겪고 보낸 긴 세월을 생각하니 눈물을 참을 수 없었다.

"너와 이렇게 다시 만나게 될 줄이야……. 이런 추한 모습으로 너와 다시 만나고 싶지 않았는데……."

"그리 말하지 마십시오, 어머니. 당신은 조금도 추해지지 않으시고, 여전히 아름다우십니다."

마룡왕은 그렇게 말하며 천천히 위로 날아올랐다. 용성군의 머리가 하늘 위에서 데굴 구른다.

마룡왕은 양팔을 벌려 화조명의 몸을 끌어안았다. 바르르 떨던 화조명도 양손으로 마룡왕의 등을 강하게 안았다.

"많은…… 시간이 흘렀고, 많은 일이 있었겠지. 그 시간 동안 얼마나 고독하고 힘들었을까……."

"그에 대해 어머니가 죄스러운 기분을 가지실 필요는 전혀 없습니다."

마룡왕은 고개를 들어 화조명의 얼굴을 빤히 보았다.

이미 오래전 죽어 영혼과 시체만 뭉쳐놓은 것이 용옥이다. 시체 뭉치의 어쩔 수 없는 악취가 강렬했지만, 마룡왕은 그것을 조금도 역겹게 생각하지 않았다.

그녀는 조심스레 손을 뻗어 화조명이 흘리는 눈물을 닦아 주었다.

"결국, 당신의 딸은 마룡의 왕이 되었고 모든 복수를 이루었습니다. 그리고 복수의 끝에서 이렇게 다시 어머니를 만나게 되었습니다. 이 얼마나 기쁜 일입니까? 그러니 부디 울지 말아 주십시오."

"암, 울지 말아야지. 이 기쁜 날에 울 수야 없지."

화조명은 고개를 끄덕거린 뒤, 다시 한번 마룡왕을 꼬옥 끌어안아 주었다.

그것을 보며 용옥의 다른 용들이 웅성거렸다.

"꺼흐흑!"

특히 서럽게 눈물을 쏟아내는 것은 제천군이었다. 화조명의 바로 아래, 머리만 남은 제천군은 마룡왕의 발 받침으로 쓰이고 있었다.

그것이 굴욕적이고 서러워 눈물을 흘리는 것은 아니었다. 제천군은 자기와 마찬가지로 머리만 남은 아들을 눈으로 올려

보았다.

"창명, 창명······! 나의 아들아······! 네가 어찌!"

"닥치시오."

마룡왕은 제천군의 목소리를 듣고싶지 않았다. 그녀는 발에 힘을 주어 제천군의 머리를 짓눌렀다.

"이리되고도 창명의 편을 들다니, 그대도 참 대단하오."

"창명아······!"

"패배자의 흐느낌에 귀 기울일 필요는 없다."

화조명이 마룡왕의 어깨를 토닥여 주며 소곤거렸다.

"저들이 아무리 울고 저주해 봐야, 최후의 용은 바로 야화, 네가 되었다. 이 화조명의 자랑스러운 딸이 네가 최후의 용인 게야."

"이거 참, 난감한 상황이로고. 우리를 이 꼴로 만든 창명을 조져준 것은 고마운 일인데, 그렇다고 야화를 축복할 수도 없는 일이고."

용성군에게 살해되었던 원로 중 하나가 중얼거렸다. 그것은 용옥에 뭉친 대부분 용의 심정을 대변하는 말이기도 했다.

원로들이야 용성군에게 살해되었다지만, 다른 용들 대부분은 멸룡전에서 마룡왕과 싸우다 죽었다.

그 압도적인 힘은 경외할 수밖에 없었으나, 그것과 마룡왕을 용신으로 인정하는 것은 전혀 다른 문제다.

"착각하지 마시오."

마룡왕은 용옥을 내려다보며 말했다. 그녀는 자신이 기억하는 마룡들에게 잔잔한 미소를 지으며 고개를 살짝 까딱거리는 것으로 인사를 대신했다. 하지만 마룡이 아닌 용들을 볼 때의 눈동자는 얼음장처럼 차갑게 식었다.

"본녀는 그대들의 인정과 축복을 받아 용신이 될 생각 따위는 가지고 있지 않소."

"뭐라?"

"어째서?"

용들이 웅성거렸다. 아니, 당황스러워하는 것은 용들뿐만이 아니었다. 놀란 소리를 내는 마룡들을 진정시킨 것은 화조명이었다.

그녀는 마룡왕의 얼굴을 지그시 보며 물었다.

"용신이 되지 않겠다는 것이냐?"

"예, 어머니."

마룡왕은 조금도 주저하지 않고서 대답했다.

"용신이 되는 것은 이런 식이 아니더라도 가능한 일입니다. 굳이 용옥을 사용할 필요까지는 없습니다."

"정녕 그것이 이유의 전부인 게냐?"

화조명의 눈에 안타까움이 실렸다. 마룡왕은 대답하지 않고 빙긋이 웃기만 했다.

그 웃음이 충분한 대답이었다. 화조명은 긴 탄식을 흘리며 마룡왕의 어깨를 놓았다.

"……최후의 용이 완성된 용옥에 빌어 용신이 된다면. 용옥에 묶인 모든 용의 혼은 성불하지 못하고 구천을 떠돌게 되지."

용옥이 용신을 만들어내는 것은 사실이다. 하지만 금기인 것에는 그만한 이유가 있는 법이다.

어떤 의미에서 용옥은 살령과 똑같았다. 용신을 '만든다는' 인과를 비트는 것이 용옥이고, 그렇게 용신을 만들어낸 이상 그에 따른 인과율의 후폭풍은 용옥이 감당해야 한다.

그건 탄생한 용신도 간섭할 수 없다. 영원의 세월 동안 구천을 떠돌며 고통받는 것. 그것이 인과율을 비튼 용옥이 치러야 할 속죄다.

"네게 복수라는 업을 짊어지게 한 것도 모자라, 죽어서도 네 발목을 잡는구나……."

"그리 말하지 마십시오. 어머니, 당신의 딸은 버러지 같은 창명과는 다릅니다. 용옥에 의존하지 않아도, 당신의 딸은 언젠가 반드시 용신이 됩니다."

될 수 있다고 말하지 않았다. 마룡왕은 언젠가 반드시 용신이 된다고 말했고, 그에 대해서 분명한 확신을 가지고 있었다.

그 자신에 찬 말에 화조명도 더 이상 탄식하지 않았다. 그녀는 힘 있게 고개를 끄덕거리며 딸의 손을 잡았다.

"물론 그렇겠지. 네가 어찌 창명 따위와 비교될 수 있겠느냐. 나는 네가 용옥 따위의 도움 없이도 반드시 용신이 될 수 있으리라 믿는다."

화조명은 마룡왕의 손을 어루만지며 말을 이었다.

"하지만 네게 너무나도 고맙고, 또 미안하구나. 만약 용곡에서 그런 일이 일어나지 않았더라면. 네가 용곡으로 가지 않았더라면…… 내가 널…… 마룡으로 낳지 않았더라면. 너는 지금과는 달리……."

"그렇게 말하지 마십시오. 어머니의 죄는 아무것도 없습니다."

마룡왕은 화조명의 말을 끊으며 고개를 저었다.

"그리 길지 않은 시간이었다고는 하나 어머니는 제게 넘치는 사랑을 주셨습니다. 다른 마룡들도 마찬가지입니다. 그런 추억이 있었기에 복수를 사명으로 삼을 수 있었던 겁니다."

수백 년 그녀를 주박해 온 복수는 오늘로 끝이 났다. 마룡왕은 자신의 손을 잡은 화조명의 손을 내려 보았다. 마룡왕의 눈이 잔잔히 떨렸다.

복수를 이루었다는 기쁨에 가득 찬 그녀지만, 이후의 일을 생각하면 도저히 기쁨 만에 취할 수는 없었다. 그런 마룡왕의 기분을 느낀 화조명은 크게 숨을 삼키며 직접 마룡왕의 손을 놓아주었다.

"서로에게 허락된 시간이 너무나 짧구나."

"……어머니."

"머무르고자 한다면 쭉 머무를 수도 있겠지. 하지만…… 이 러한 몰골로 남아봐야 나 자신이 비참해질 뿐. 나는 더 이상 네 업이 되고 싶지 않다."

마룡왕은 아무런 말도 하지 않고 화조명의 얼굴을 응시했 다. 용들의 웅성거림이 잦아든다.

그들은 화조명이 무엇을 결단하였는지를 알았다. 사실 그것 은 결단이라고 할 수도 없는 일이다. 용옥이 되어 순리를 거스 르게 되었으니, 이제 다시 순리로 돌아갈 뿐이다.

"뭐 하나 물어도 되겠나?"

원로 중 하나가 입을 열었다.

마룡왕은 고개를 돌려 원로를 쳐다보았다.

"화조명이나 용곡의 마룡들을 구천에 떠돌게 하고 싶지 않 다는 그 심정. 당연히 이해할 수 있네."

"괜한 말 하지 마시오!"

제천군이 발악하듯 외쳤다. 허공을 떠다니다 다시 마룡왕 에게 머리채를 잡힌 용성군도 두 눈을 부릅뜨며 입술을 벌려 꺽꺽거리는 소리를 냈다. 하지만 원로는 말을 멈추지 않았다.

"하지만 야하, 아니, 마룡왕이여. 그대의 자비는 마룡을 돌 볼지언정 우리 용들마저 돌볼 이유는 없을 걸세."

"대체 무슨 대답을 듣고 싶은 것이오!"

제천군이 고함을 질렀다.

"창명에 대한 원한으로 이러는 것이오?! 그 무슨 이기적인! 그대 원로들이 창명에게 살해되었다는 것은 알지만, 당신들을 제외한 대부분의 용들은 야화에게 살해되었소!"

"먼저 시작한 것은 용이었지."

다른 원로가 중얼거렸다.

"창명에 대한 원한만으로 하는 말은 아니야. 화조명과 마룡들을 죽인 것은 우리 용들이었네."

"그 죄는 야화에게 죽는 것으로 치렀소!"

"빌어먹을 제천군, 아가리 좀 닥쳐라. 후레자식의 애비인 놈이 부끄러운 줄도 모르고 아가리를 놀리는구나."

원로 중 하나가 쏘아붙였다.

"일족이 아닌 용을 생각하란 말이다. 결국 네 잘난 아들내미는 쓰레기 같은 짓을 벌였음에도 실패했고, 이제 곧 우리와 함께 뒈질 것이다. 그렇다면 야화는 네가 인정하고 말고를 떠나 일족 최후의 용이 된다. 그렇다면 우리가 구천을 떠돌고 야화를 용신으로 만들어, 일족을 새로이 부흥시키는 것이 낫지 않으냐?"

"그 무슨! 왜 그대들이 멋대로 결정을……."

"닥치시오."

제천군이 다시 고함을 지르려 했지만, 마룡왕은 발을 들어 제천군의 턱을 걸어 차버렸다.

"꽤 솔깃한 말이기는 하나. 본녀의 답은 바뀌지 않소. 본녀는 용옥을 써서 용신이 될 마음은 없소."

"어째서? 용신이 될 수 있다는 확신 때문에?"

"마룡왕이여. 그대는 우리 용을 증오하고 있지 않나? 우리를 승천시키는 것보다 영원히 구천을 떠돌게 하는 것이 그대의 증오와 복수를 보다 풍부하게 완성시켜 줄 텐데."

"물론 본녀는 그대들을 원망하고 있소. 그렇기에 그대들의 덕을 보아 용신이 되고 싶지 않은 것이오."

마룡왕은 코웃음을 치며 대답했다.

"나쁠 것 하나 없는 일이기는 하지. 본녀는 바라던 대로 용신이 되고, 증오스러운 용들이 영원히 구원받지 못하고 구천을 떠도는 것. 그렇게 된다면, 그대의 말대로 본녀의 복수는 보다 완전해질 것이오. 하지만. 본녀는 영원히 그대들로 인해 쓰게 된 용신이란 감투를 짊어져야 하오."

"그게 불쾌하다는 건가?"

"불쾌하다마다. 본녀가 용신이 되어 그대들이 구천을 떠도는 것은, 그대들에게 결코 형벌이 될 수 없소. 그대들은 일족의 부흥을 위해 '희생'했다는 만족감에 취하게 될 테니 말이오. 물론 본녀가 일족의 부흥을 신경 쓰지 않아도 될 일이나, 그렇다 한들 그대들이 본녀가 용신이 되는 것에 일조했다는 것은 사라지지 않소."

그것이 불쾌하다.

"본녀의 신격은 그대들을 쳐 죽이며 신화를 이루어 완성되었소. 마룡왕이라는 신명은 그대들의 피와 시체로 쌓은 혈명이오. 하나 그 너머에 있는 용신이 그대들의 자발적 희생으로 이루어진다면. 그건 본녀의 신화를 부정하는 꼴이지. 그러니 더더욱 용옥은 필요 없소."

"그대의 뜻은 이해하나, 용옥을 깨뜨린다는 것은……. 결과적으로 우리를 구원하는 것일세. 마룡왕이여. 그대는 우리를 증오하면서도, 우리를 구원하겠다는 건가?"

"구원?"

마룡왕은 참지 못하고 웃음을 터뜨렸다.

"이게 무슨 구원이란 말이오? 그대들은 모든 것이 실패했소. 창명의 허접한 이상론은 산산조각이 났고, 본녀는 결코 창명이 꿈꾸던 세상을 이루지 않을 것이오. 용신을 만드는 것에 일조하며 일족의 부흥을 위해 희생하겠다는 그대들의 숭고함도 받아들여지지 않았소."

그게 구원이라고? 마룡왕은 계속해서 웃었다.

"순리대로 돌아가는 것뿐. 그것은 결코 그대들에게 구원이 되지 않을 것이오. 용으로 태어난 그들이 후세에 얼마나 비루한 존재로 태어날지는 본녀조차도 알 수 없지. 그 삶은 본녀가 내릴 수 없는 형벌이 될 것이오. 그 삶이 행복할지 불행할지는 알 수 없는 일이나, 그 어느 쪽이든 본녀가 신경 쓸 바는 아니오. 분명한 것은."

마룡왕은 용성군의 머리를 양손으로 잡았다.

"본녀는 용으로서 살았던 그대들의 마지막으로 새겨질 것이고, 모든 용을 죽인 최후의 용이 될 것이오. 그 모든 것이 본녀를 용신으로 만들 신화의 일부가 될 것이고, 최후의 용인 본녀는 그대들의 명복이 아닌 끔찍한 불행을 빌도록 하겠소. 그대들은 유일한 일족 후손의 증오를 받는 것이오. 그리고, 본녀는 어머니와 마룡들의 명복을 빌며 그들의 내세가 결코 불행하지 않기를 기도할 것이오."

쩌드득.

마룡왕의 손이 용성군의 머리 양쪽에 힘을 가했다. 용성군의 입을 쩍 벌리며 잘린 혀뿌리를 내밀었다.

벌겋게 충혈된 눈동자가 툭툭 불거져 나오고 그의 코에서 피가 줄줄 흘렀다.

"그렇게 본녀의 복수는 완성되는 것이오."

쩌직!

용성군의 머리가 터졌다. 비산한 뇌수와 뇌골이 제천군의 머리 위로 후두둑 떨어졌다.

제천군은 비통에 찬 비명을 지르며 아들의 이름을 불렀다.

"……받아들이지."

원로 중 하나가 중얼거렸다. 그 또한 거스를 수 없는 순리였다.

"어머니."

"기쁘구나."

마룡왕은 마지막으로 화조명을 보았다. 화조명은 환한 미소를 지으며 고개를 끄덕거렸다.

"너와 많은 시간을 보내지 않았고, 네게 많은 것을 가르치지 않았으나. 네가 내 딸이고, 내가 네 어머니가 될 수 있었음에 하늘에 감사한다. 자, 망설이지 말거라. 네가 말하였듯, 모든 것이 순리로 돌아가 올바르게 될 뿐이니. 우리의 죽음 또한 네 신화 중 하나로 기억될 것이다."

화조명이 마룡왕을 향해 손을 뻗었다.

"마지막으로 한 번만 더 안아봐도 되겠느냐?"

마룡왕은 말없이 화조명의 품에 안겼다. 화조명은 마룡왕의 등을 부드럽게 쓸어주었다.

"……고생이 많았다."

이별을 앞둔 어머니의 목소리에 슬픔은 없었다.

더 이상 화조명은 울지 않았다. 그녀는 자신의 딸이 당차고 위대하게 자랐음을 보았다. 그것은 뿌듯하고 자랑스러운 일이지 결코 슬픈 일은 아니었다.

"널 오랫동안 주박해 온 복수를 이루었으니, 이제부터는…… 널 위한 삶을 살았으면 좋겠구나. 널 위한 행복한 삶을."

"……예, 어머니. 저 역시, 어머니의 행복을 간절히 기원하겠습니다."

마룡왕의 대답에 화조명은 후후 웃었다. 그녀는 마룡왕을 품에서 놓아주며 후련한 표정으로 하늘을 보았다.

"내 마지막이 딸인 너라 다행이구나."

마룡왕은 슬픔 없이 웃으며 고개를 끄덕거렸다. 그녀는 몇 걸음 물러서서 용옥과 거리를 두었다. 용옥은 여전히 기괴한 모습으로 꿈틀거렸고, 제천군은 머리에서 말라 버린 용성군의 뇌수에 꺼이꺼이 울었다.

원로들은 조용히 끝을 받아들이려 했고, 그들만큼 성숙하지 못한 용들은 제각각의 감정을 담아 웅성거렸다.

마룡들도 웅성거리기는 마찬가지였으나, 그들의 웅성거림은 내세에 대한 기대와 드디어 안식을 얻을 수 있다는 것에 대한 기쁨이 섞여 있었다.

"안녕히."

마룡왕은 작은 소리로 중얼거리고서, 크게 숨을 삼켰다.

일평생 쏘아냈던 그 어떤 때보다 강렬한 기염이 세상을 관통했다. 쭉 쏘아진 기염이 용옥을 집어삼켰다.

용옥이 통째로 불타 사라지는 것은 찰나의 순간에 일어났다. 용옥을 소멸시킨 기염은 거기서 멈추지 않고 더, 더 멀리 나아갔다.

용궁 근처에서 웅성거리는 신비경의 짐승들과 용궁 전체가 기염에 삼켜졌다.

그것으로 끝나지 않았다. 마룡왕은 계속해서 기염을 뿜어 내며 하늘 높이 뛰어올랐다.

신비경의 하늘 높은 곳까지 솟구친 그녀는 아래를 향해 기염을 내뿜었다. 신비경 전체가 붉은빛으로 물들었다. 신비경의 모든 풍경이 불길에 삼켜졌다.

신비경이란 세상에서 마룡왕이 기억할 마지막 추억은 저 눈부신 빛과 쉬지 않고 타오르는 업화가 되었다.

한참을 내뿜던 기염이 멈추었다. 마룡왕은 호흡을 고르며 불타오르는 신비경을 내려 보았다.

오오오오!

소멸한 용옥이 있던 자리에서 희뿌연 연기가 높이 솟구쳤다. 그건 흡사 기다란 용처럼 보였다.

마룡왕은 하늘 높이 올라 사라지는 연기를 끝까지 보았다.

그리고 명복과 저주를 동시에 빌며, 고개를 돌렸다.

"……."

마룡왕은 어비스가 있는 곳을 물끄러미 쳐다보았다. 백현이 갔던 곳이다. 그곳에서는 딱히 소리나 진동 따위는 느껴지지 않았었다.

하지만 지금. 기다렸다는 듯이 세상이 밤이 되었다.

8장
인위적인

마룡왕이 신비경에 입성해 추억의 덧칠을 시작했을 때, 백현은 어비스의 바로 앞에 도착해 있었다.

　아마존의 어비스는 화천의 어비스와는 사뭇 달랐다. 이곳의 어비스는 장벽으로 가로막혀 있지도 않았고, 몬스터의 출현에 대한 방비가 전혀 되어 있지 않았다. 아니, 애당초 방비해야 한다는 생각 자체를 하지 않은 것만 같았다.

　백현은 주변을 둘러보았다. 어비스의 코앞이라 할 수 있는 이곳에 마을이 만들어져 있었다. 사실 그건 마을이라기보다는 거대한 캠핑장 같은 느낌이었다.

　"제정신인가."

　마을이든 캠핑장이든. 결국, 많은 사람이 거주하는 장소라는 본질은 똑같다.

규모만 보면 족히 수백 명은 사는 것 같았다. 하지만 지금의 마을은 텅 비어 있었다. 그 어느 텐트에서도 인기척은 느껴지지 않는다. 확인해 보니 최소한 며칠 전에 이곳을 떠난 것이 분명했다.

[그거 알아? 장님 나라에 가면 눈 뜬 사람이 병신 취급받는다는 거.]

"뜬금없이 무슨 소리예요?"

[이곳 원주민들에게는 이게 당연한 걸 수도 있다는 거지. 네 상식과 이들의 상식은 판이하게 다를 테니까.]

사람 하나 없는 마을을 가로지른다. 마을 곳곳에 의미를 알 수 없는 기괴한 조형물들이 세워져 있었다. 그건 이 세상의 짐승이 아닌, 다양한 몬스터의 모습을 형상화한 조형물들이었다.

[조사를 위해 아마존에 오고 나서, 이것저것 들었지. 아마존의 어비스는 거의 처음부터 방치되고 있었어. 어쩔 수 없잖아, 어비스가 다섯 개나 되고, 이 정글은 어비스를 떠나서도 너무 방대하고 위험해. 게다가 제각각의 문화를 가지고 바깥 문명을 거부하는 폐쇄적인 원주민 부족도 많지.]

백현은 마을 외곽, 어비스와 가장 가까운 곳에서 멈추었다. 그곳에는 거대한 구덩이가 있었다.

당연히 어비스는 아니었고, 마을 주민들이 인위적으로 파낸 구멍인 듯했다.

백현은 그 아래를 내려보았다.

[음, 좋은 냄새.]

악몽의 결정자가 킬킬 웃었다. 백현은 눈썹을 찡그리며 구덩이를 내려다보았다. 거무튀튀한 흙은 불길함과 악취를 풍기고 있었다.

[꽤 많은 사람이 저 안에서 죽었어. 이곳 나름의 처벌 문화인가? 흠, 그런 것 치고는 원독이 적은걸. 그렇다면, 보통은 인신 공양이지.]

"인신 공양?"

[산 제물 말이야. 인간의 신앙에서 인신 공양은 결코 떼어낼 수 없다고. 직접 요구한 적이 없다고 해도, 인간은 초월적 존재에게 꼭 무언가를 바치려 든단 말이야.]

백현은 구덩이를 훌쩍 뛰어넘었다. 그는 텅 빈 마을을 뒤로하고 다시 어비스로 향했다.

[신앙이라고 해서 꼭 심오한 것은 아니야. 문명이 단순할수록 신앙은 미개하고 단순하지. 먼 옛날 사람들은 하늘에 번쩍이는 번개나 자연재해까지도 신이라 생각했어. 그 당시에는 그것들이 무엇인지 이해할 수 없었으니까. 어때, 이 정도면 이곳 주민들이 대체 무엇을 신이라 생각하는지는 알 수 있겠지?]

"어비스."

이러니저러니 해도 백현은 결국 문명인이다. 대한민국 서울에서 태어난 그에게 있어 숲이란 서울숲이나 인근 산의 숲 따위만 겪어보았고, 신앙은 교회와 절, 성당 정도가 고작이다. 그렇기에 그는 원주민들의 어비스 신앙을 이성적으로는 이해할 수 없었다.

[뭐, 네 상식과는 다른 일이니까. 하지만 말이야, 이곳 주민들에게는 그렇지 않다는 거지. 그들에게 있어서 어비스는 갑자기 나타나서, 천재지변보다 자주, 또 직접적인 '두려움'을 주는 알 수 없는 존재인 거야. 사실 이놈들뿐만이 아니지. 어비스에 대한 신앙은 바깥에도 꽤 넓게 퍼져 있잖아?]

"사이비 취급받지만요."

[신앙할 만한 보편적인 대상이라는 거지. 이해할 수 없다는 점에서 더더욱.]

"그래서 인신 공양까지 했다고요?"

[이해할 수 없는 두려운 존재와 '소통'하기 위한 나름의 방법인 거야. ……흠. 그래도 이건 좀, 너무 과격하고 무식하네.]

악몽의 결정자는 그렇게 중얼거리며 뒤를 힐긋 보았다. 그녀는 백현의 어깨에 앉아서, 그의 귀를 버스 손잡이처럼 쥐고 있었다.

[마을의 위치가 너무 가까워. 신과 가까이하고 싶어서, 일 수도 있겠다는 생각은 했지만. 이 정도 거리라면 어비스에서

튀어나온 몬스터랑 바로 맞닥뜨리게 되잖아.]

"자경단을 운용했다거나."

[그럴 수도 있겠지만, 애초에 마을을 이곳에 만들지 않았다면 될 일이잖아.]

"전체적으로 낡기는 했지만 마을 자체는 이곳에 생긴 지 그리 오래되지 않았어요. 사람도 없고."

[흠, 여러모로 알 수 없는 일이야.]

백현의 걸음이 멈추었다.

그는 고개를 뻗어 아래를 내려 보았다. 한 걸음만 더 걸어도 그는 저 깊고 깊은 어비스로 추락하게 된다. 이렇게 대놓고 어비스를 '보고' 있는데, 기분은 달라지지 않았다.

본래 현실의 어비스는 보는 것만으로도 존재가 끌어 당겨지는 것 같은 기분을 느끼게 된다. 하지만 이곳의 어비스는 아니었다. 솔직히 말하면 그냥 거대한 구멍으로밖에 느껴지지 않았다.

쿠우웅!

거대한 힘이 땅을 흔든다.

뒤에서 확 불어 닥치는 열풍에 백현은 고개를 돌렸다. 신미경에서 시뻘건 불길이 솟구치는 것이 보인다.

"대체 무슨 생각이야?"

백현은 잠시 그것을 쳐다보다가 고개를 돌렸다.

어비스 너머에 누군가가 서 있었다. 새카만 피부에 머리털은 한 오라기 남기지 않고 빡빡 밀었다. 얼굴과 머리, 몸 전체에 새긴 우둘투둘한 문신. 뼛조각으로 만든 장신구는 화려하면서 기괴했고, 복장도 다를 것 없었다.

"놀라지는 않는군."

"워낙 놀랄 일들이 많아서 말이야. 누구 덕분에."

백현은 그렇게 말하면서 두 눈을 가늘게 떴다. 갑자기 출현한 원주민은 고개를 끄덕거리며 큭큭 웃었다. 그는 손을 들어 백현의 뒤, 신비경을 가리켰다.

"멋지지 않나?"

"미쳤다는 생각밖에 안 드는데."

"칭찬으로 받아들이지. 그만큼 놀라운 일이라는 뜻일 테니 말이야."

"그 몸뚱이는 또 뭐야?"

"어렴풋이 알고 있지 않나?"

의체는 아니다.

"설마 나라고 해서 사도를 두지 않을 것이란 생각을 한 것은 아니겠지?"

"성역을 떠나 제 마음대로 돌아다니는 놈에게 사도가 꼭 필요할 것 같지는 않았지."

"그건 어디까지나 어비스에서만 해당되는 일일세. 아무리 나라고 해도 이 세계를 자유자재로 돌아다닐 수는 없어."

그래서 사도가 필요했다.

"인간으로 있을 필요가 있기도 했고. 뭐, 그게 전부일세."

역천자의 사도가 벙긋 웃었다.

백현은 역천자의 사도를 노려보며 주먹을 쥐었다.

사도를 죽인다고 해서 역천자에게 직접적으로 타격을 전할수는 없다. 그건 알지만, 저렇게 뻔지르르 웃는 모습을 보니기분이 잡친다.

"또 덤빌 셈인가?"

백현의 적의를 읽은 역천자가 벙긋 웃으며 물었다.

"의미가 없다는 것은 자네도 알 텐데? 이쯤 되면 무조건 적대하는 것보다는 서로를 이해하려 드는 편이 낫지 않을까?"

"얼씨구. 아직도 그런 헛소리를 해? 왜, 지금도 날 죽이고 싶지 않아서?"

"물론이지. 처음 만났을 때도 느꼈지만, 역시 나는 자네가좋아."

"나 때문에 몇 번이나 물을 처먹었으면서. 집착이 너무 과하다는 생각은 안 해?"

그 이죽거림에 역천자가 다시 웃는다. 그는 목에 건 뼈 목걸이를 만지작거리면서 입을 열었다.

"물론, 나는 자네 덕분에 꽤 여러 번 고배를 마셨지. 하지만맹세컨대, 단 한 번도 그에 대해 분노한 적은 없네. 분노가 없으니 증오도 없지."

그 느물거리는 태도 또한 마음에 안 든다.

백현은 쥐었던 주먹을 천천히 펼쳤다.

어비스 너머. 그만 해도 몇 킬로는 될 거리다. 하지만 목소리는 또렷이 들리고, 놈이 어떤 표정을 짓는지와 자그마한 제스처까지도 확인할 수 있다.

한 걸음. 한 걸음이면 된다. 아니, 그것도 필요 없다. 순식간에 다가가 저 아가리를 찢어버릴 수 있다.

하지만 백현은 그러지 않았다. 지금 잇달아 벌어지는 상황은 백현의 상식이나 악몽의 결정자의 지식과 경험으로도 이해할 수 없다. 그런 알 수 없는 상황에서 감정에 치우쳐 날뛰는 것은 광기 어린 만용이다.

백현은 들끓는 적의를 진정시켰다. 우선, 이해해야 한다.

'성장했군.'

역천자는 묘한 빛이 감도는 눈으로 백현을 응시했다. 예전의 백현이라면 조금만 성질을 긁어주면 곧바로 덤벼들었다. 하지만 지금은. 그러한 욕구를 분명히 느끼고 있음에도 억눌러 참고 있다.

백현이 왜 참고 있는지는 안다. 이대로 입을 닫고 있어 볼까 생각했지만, 생각을 바꾸었다.

역천자는 입꼬리를 올리며 말했다.

"자네와는 꽤 여러 번 만났지."

철혈궁. 전대 무령.

"자네가 전 무령을 자극해 준 덕에, 그는 보다 빠르게 혼돈에 삼켜졌네. 물론 그 이후에는 자네 덕에 소멸하고, 그의 아들이 새로운 무령이 되었지만 말이야."

그것을 실패라 할 수 있을까?

아니다. 역천자는 무령에게 그리 큰 욕심을 갖지는 않았다. 오히려 그 상황에서 백현은 역천자의 도움을 받았다. 그가 말려주지 않았더라면, 백현은 직접 무령을 죽이고 철혈궁의 주인이 되었을 것이다.

"호른에서도 자네가 끼어들었지."

그 역시 실패라고 할 수는 없다. 역천자는 혼돈에 삼켜졌던 군주들을 부활시키는 것에 성공했다.

비록 그 전부를 통제하지는 못했지만, 애초에 역천자는 그들을 통제하려 들지 않았다.

"천존은 자네에게 죽었어."

실패라고 할 만한 것은, 그 후부터. 역천자에 의해 바깥으로 나온 천존은 오래 지나지 않아 백현에게 죽었다.

"혈사자도 자네에게 죽었고, 공들여 준비한 문은 결국 열리지 못했지."

그 역시 분명한 실패일 것이다.

"자네에게는 고맙게 생각하고 있네."

그럼에도 역천자는 그렇게 말했다. 말만 그리하는 것이 아니었다. 역천자는 백현을 향해 깊이 고개를 숙였다.

'고맙다고?'

백현은 이해할 수가 없어 역천자를 쳐다보았다. 아무리 생각해도 그는 역천자에게 감사를 받을 일 따위는 한 번도 한 적이 없었다.

"인간 중에 자네가 있었기 때문이야."

역천자가 고개를 들었다. 그의 목소리는 희열에 흠뻑 젖어 있었고 만면에 미소가 가득했다.

"자네가 없었으면 얼마나 느려졌을까? 하하, 상상이 안 되는군. 상상조차 하고 싶지 않아. 아주 끔찍해."

역천자가 계속해서 말했다.

"군주들은 사도를 만들어 서로를 견제했지만, 직접적으로 충돌하려 들지는 않았다네. 뭐 당연한 일이지. 사도의 힘은 군주의 강력함보다는 사도 본인에게 좌우되니 말이야. 그런 사도들이 성장해, 목적대로 군주 사냥을 도모하기까지…… 대체 얼마큼의 시간이 필요했을까?"

그런 사도들이 최초로 충돌한 이유가 바로 백현 때문이었다. 카르파고가 개입해 연리운과 함께 백현을 합공했을 때. 라이룽이 끼어들었다.

"자네가 없었다면 군주들이 '죽는 것'에도 아주 오랜 시간이 필요했을 걸세. 군주가 직접 강신하지 않는 사도의 전력은, 군주 중 최약에 속하던 천존에게도 고전을 면치 못할 정도였으니 말이야."

군주와 계약하지 않은 백현이 천존을 때려죽였다.

"그건 멋진 일이었지. 세상 사람들은 자네를 놀라워하면서도 두려워했어."

왜 갑자기 그 말을 하는 걸까.

"그 후로도. 자네는, 자네만이 할 수 있는 멋진 일들을 보여 주었네. 바깥에서 자네는 검무희와 두 번 싸웠고, 마지막에는 승리했지. 그리고 혈사자를 죽였고! 자네 말고 대체 누가 그런 일이 가능하겠나? 없지, 아무도 할 수 없어. 사도는 결국 인간이야. 만약 사도가 '자네처럼' 한다고 해도, 모두의 경외는 사도가 아닌 군주에게 향하게 돼."

[……아.]

악몽의 결정자가 놀란 소리를 낸다. 그녀는 역천자가 대체 무엇을 말하려는 것인지를 깨달은 듯했다. 하지만 백현은 여전히 역천자의 말을 이해할 수 없었다.

역천자는 킬킬 웃으면서 양손을 들어 올렸다.

"이곳은 아주 폐쇄적인 곳이야. 이 세계 어디에도 이런 곳은 없을 걸세. 문명과 동떨어져 원시적인 곳. 이런 장소에 어비스가 다섯 개나 만들어졌다는 것은, 가히 운명적이지 않나?"

처음부터 이곳이 최고의 장소라고 생각했다.

"준비는 어렵지 않았네. 이곳은 대부분의 것이 갖추어져 있었거든. 물론 그렇다고 전부가 갖춰진 것은 아니었고, 나도 나름의 행동은 해줘야만 했지."

원주민 중에서 어비스에 들어간 이들은 많았다. 이곳의 원주민들에게 있어서 어비스는 몬스터와 짐승들에 저항할 힘을 주는 장소였다. 몇몇 부족은 성인식을 맞이해 어비스에 다녀오는 것을 관례로 삼을 정도였다.

"그중에서 쓸 만한 인간을 골라 사도로 삼았네."

그로 인해 역천자는 본격적으로 그림을 그리기 시작했다.

역천자의 사도는 어렵잖게 부족의 주술사가 되었고, 그 후에는 앞장서서 부족들을 통합해 어비스에 대한 신앙을 전파했다.

"자네는 어디까지 알고 있나? 월드이터가 어떻게 되었는지는 알고 있나? 팔로워의 존재 이유는? 헌드레드가 지배하게 된 혈사자의 헌터들이, 왜 팔로워와 함께 이곳에 왔는지는 알고 있나?"

"······허구의 신앙."

"하하! 거기까지 알 줄이야. 누가 자네에게 조언을 해주었을까. 악몽의 결정자? 뭐, 조언자가 중요한 것은 아니지. 정답일세. 난 신격을 만들고 싶었네. 원래는 키마이라나 월드이터, 둘 중 하나를 고르려 했지만. 키마이라가 죽어버리고, 월드이터와 재생의 뱀이 특별한 관계라는 것도 알았으니…… 후후, 고민이 필요 없었지."

역천자는 그렇게 말하다가, 백현의 표정을 보았다. 그는 껄껄 웃음을 터뜨렸다.

"조금 더 기뻐하는 것이 어떤가? 나는, 자네가 정말 궁금해하던 것들을 알려주고 있는 걸세. 내가 대체 무엇을 꾸미는지."

"……그렇게 자처해 떠드는 것은. 말해도 아무 문제가 없다는 뜻이겠지?"

"아, 물론 그렇지. 나는 확신도 없이 괜한 말을 떠들어 일을 망칠 만큼 아둔하지 않네. 그리고……. 자네에 대한 감사를 표하기 위해서이기도 하지."

[지금 죽이는 게 낫지 않을까.]

악몽의 결정자가 조용한 목소리로 권했다.

'왜요?'

[그리 듣기 좋은 말은 아닐 것 같아서.]

'그럼 더 들어야죠.'

그래야 놈을 확실히 증오할 수 있을 테니까.

"자, 계속해서 알려주지. 팔로워와 마타도르, 그리고 이곳 원주민은. 본질은 다르지만 목적은 똑같네. 바로 존재하지 않는 신을 만드는 거야."

"……마타도르가 섬기는 것은 혈사자였어. 지금은 헌드레드일 테고."

"말하지 않았나, 본질은 다르지만 목적은 똑같다고. 그건 자네도 마찬가지야."

역천자가 손을 들어 백현을 가리켰다.

"……나도?"

"자네는 이 세상을 어찌 생각하나?"

갑작스러운 질문이었다.

"너무 평화롭지 않나? 어비스가 나타난 지 벌써 오 년이 넘었어. 하지만 세상은 어비스를 그리 큰 위협으로 생각하지 않았지. 헌터가 너무 많아서야. 그리고 사도들이 잘해준 덕분이지. 아마존 같은 특별한 경우가 아니고서야 어비스는 확실히 관리되고 있고, 몬스터도 피해를 낳기 전에 토벌되지. 덕분에 이 세상은 어비스와 몬스터를 크게 두려워하지 않고, 헌터와 사도를 흡사 정의의 사도처럼 생각하고 있어."

역천자는 그렇게 말하며 퓨어세인트를 떠올렸다. 목적이 다르다지만 방식은 똑같다.

퓨어세인트는 드레이브를 내세워 자신을 확실한 종교로 만들었다.

"하지만 지금 세상은? 어비스에서 뛰쳐나온 괴물들. 천존과 검무희. 그 경악스러운 몬스터들로 인해 세상은 다시금 어비스를 두려워하게 되었네. 그들이 끼친 피해와는 큰 상관이 없어. 그들이 '이해할 수 없는' 괴물이라는 것이 중요한 거지. 그리고 그건 자네도 똑같아."

백현은 자신을 가리키는 역천자의 손끝을 노려보았다. 괴물이라며, 통제받아야 한다는 외침들이 다시금 머릿속을 떠돈다.

"자네가 다를 게 무언가? 자네는 분명 인간이지. 하지만 자네를 정말 인간이라고 여기는 자들이 얼마나 될 것 같나? 군주와 계약하지도 않았으면서. 그 압도적인 힘. 그러면서도 자네는 통제를 거부하고 있지."

수많은 찌라시들.

"마타도르가 날뛰면서 세상은 관리국을 해체시켰네. 지금의 사람들은 더 이상 이 세상이 안전하다고 생각하지 않아."

하나씩 하나씩. 역천자는 필요한 조건을 갖추었다.

"그 모든 혼란스러운 공포가 신앙이 되는 거야. 그 어떤 군주도 아닌, 어비스 자체의 공포. 자네가 어비스에서 날뛰어준 것도 의미가 있었지. 특히 무령과 혈사자를 죽인 것. 알고 있나? 무령이 죽었을 때, 어비스의 혼돈이 얼마나 들끓었는지."

악몽의 결정자가 신음했다. 그녀는 틀림없이 그 흔들림을 감지했고, 그를 근거 삼아 백현을 만나러 왔었다.

"그리고 신비경과 마룡왕. 신비경을 이곳에 옮겨놓고, 마룡왕 앞에 '문'을 열어준다면. 마룡왕은 반드시 이곳에 올 수밖에 없어. 자, 이제 끝일세. 마룡왕은 용성군을 죽일 거고, 그 여파는 어비스 전체의 혼돈을 자극하겠지. 그건 반드시 이뤄져. 자네는 마룡왕을 막을 수 없고, 마룡왕 역시 스스로 멈추지 않을 걸세. 그리고 용성군이 어떻게 죽는지는."

역천자의 손 위에 종이뭉치가 나타났다.

화륵!

손바닥을 뒤덮은 불길이 종이를 태우자, 시커먼 연기가 솟구쳐 하늘을 뒤덮었다.

백현은 고개를 들어 하늘을 보았다. 연기 속에서 마룡왕의 모습이 보였다. 그녀는 하미르의 몸뚱이를 통째로 찢고 있었다.

"세상 곳곳에 알려지는 걸세. 좋은 세상이야. 핸드폰이었나? 그것을 몇 번 두드리는 것으로 수많은 사람이 마룡왕이 얼마나 공포적인 존재인지 알게 되겠지. 저 뭔지 모를 어비스의 괴물을 두려워하고, 어비스 자체를 두려워할 거야."

거기까지 말하고서 역천자는 잠시 말을 멈추었다. 그는 즐거운 눈으로 백현을 응시했다.

"그런데 말이야. 이렇게까지 하는 것에, 결정적으로 하나가 부족했어. 그게 뭔지 아나?"

"……"

백현은 대답하지 않았다. 가슴 속에서 감정이 비틀려 썩고 있었다.

"바로 '혼돈'일세. 아무리 생각해 봐도 그것만은 도저히 어쩔 수 없더군. 어비스라면 넘치는 혼돈이지만 이 세상에서 인위적으로 혼돈을 만들어낼 수는 없었어. 난 혼돈을 다루는 것에 꽤 조예가 있지만, 사도의 몸으로는 도저히 그걸 할 수가 없었지. 아마존의 어비스에서 혼돈을 끌어내는 것도 불가능했고 말이야."

"하."

백현은 짧은 웃음을 터뜨렸다. 역천자는 마주 웃으며 고개를 끄덕거렸다.

"자네가 도와준 덕분일세."

파천.

"그건 아주 멋졌네. 자네가 작정하고 터뜨린 힘은, 내가 공들여 만든 방어 결계를 모조리 박살 냈어."

인위적인 혼돈.

"그래서 자네가 내 적이 아니라는 걸세. 내가 이렇게 할 수 있었던 모든 것에 자네의 도움이 있었으니까. 자네가 없었다면 이렇게 빨리해 낼 수도, 이렇게 '쉽게' 할 수도 없었을 거야. 하하! 그것만이 아니지. 어찌 인간인 자네가 인위적인 혼돈을 만들 수 있단 말인가? 마왕의 인장이 쓰게 해주는 마기? 인간을 초월한 무(武)? 그것만으로는 부족하지."

역천자의 눈빛이 바뀌었다. 그는 은은한 경배를 담아 백현을 쳐다보았다. 그 눈은 백현을 보고 있었지만, 그가 보는 것은 백현이 아닌 그 너머의 존재였다.

"바로 자네였던 거야."

쭉 느껴온 친숙함.

"자네가 바로 심연의 왕좌의 사도로군."

그리 불리는 것은 더 이상 놀람도, 당황도 없었다.

심연의 왕좌의 사도냐는 지목은 예전에 악몽의 결정자에게도 받아보았고, 백현 본인도 자신이 심연의 왕좌의 가호를 받고 있음은 알고 있다.

놈에게는 여러 가지 도움을 받았다. 살령의 반동으로 죽지 않았던 것도……. 아마 분명히, 심연의 왕좌가 어느 정도의 인과율을 감당해 준 덕분이리라.

명계에서 보았던 심연의 왕좌는 차원의 틈을 떠돌고 있었다. 백현은 그것이 심연의 왕좌가 인과율의 일부를 감당한 후폭풍이라 생각하고 있었다.

하지만 이해가 안 되는 것은, '왜' 심연의 왕좌가 그렇게까지 했느냐다.

"부정하지 않는군."

역천자가 웃었다.

"놀라지도 않고. 역시, 자네는 그걸 인지하고 있었던 거야."

역천자는 그 스스로 혼돈의 사도임을 자처해 왔다. 그런 역천자에게 있어서, 눈앞의 백현은 역천자가 자처해 온 모든 것을 웃음거리로 만드는 존재일 것이다.

백현은 스스로 자칭하지 않았으나 분명히 심연의 왕좌의 사도라 할 만한 존재였고, 결과적으로는 아니었다고는 하나 백현의 모든 것은 역천자의 행동에 반(反)해왔다.

그 말은 즉. 심연의 왕좌는 역천자를 부정한다는 것이다.

그에 대해서는 백현도 똑같이 생각했다. 심연의 왕좌가 백현에게 주었던 도움들은 모두 역천자의 음모에 섞였을 때였고, 특히 심연의 왕좌가 평소답지 않게 간절히 말을 걸었을 때가 바로 검무희를 통해 어비스를 지구에 침식시키려 들 때였다.

"하지만."

침묵이 깨어진다.

역천자는 여전한 미소를 지으며 말했다.

"난 자네를 부정하지 않네. 심연의 왕좌가 날 부정할지언정, 나는 자네를. 그리고 심연의 왕좌를 부정하지 않아. 나는 여전히 자네를 좋아하고, 자네의 이해를 얻고 싶네."

"내가 여태까지 널 도와줘서?"

"그건 자네의 자의가 아니었잖나. 오히려 자네로서는 불쾌한 일이었겠지. 그에 대해서는 사과하겠네."

이번에도 역천자는 꾸벅 고개를 숙였다.

"그러니 이제부터는 정식으로, 자네와 손을 잡고 싶은 거야. 자네를 이용하고 기만하지 않고, 자네의 본의에 우러나는 협력을 받아가면서. 내 장담하건대, 우리는 좋은 친구가 될 수 있을 걸세. 피차 고독한 입장 아닌가?"

누구와도 다른. 그래서 고독한.

철혈궁에서 역천자는 그렇게 말했었다. 백현도 다르지 않다. 그는 이 세상의 평범과 상식에 섞일 수 없다.

"아니."

백현은 고개를 저었다.

"난 너랑 친구가 될 생각은 없어. 오히려 널 더, 죽여 버리고 싶어졌거든."

"그럴 줄은 알았지. 슬프게도 말이야."

"작작하고 그만두는 것은 어때? 심연의 왕좌도 네 하는 짓을 고까워하던데."

"저런, 위대한 존재에게 하는 말씨가 너무 거칠군."

역천자는 껄껄 웃었다.

"한때 나는, 심연의 왕좌를 깨우려 했다네."

쿠르르릉!

대지가 또다시 뒤흔들린다. 올려 본 연기 속에서 마룡왕은 용성군의 팔을 잡아 뜯고 있었다. 역천자는 감탄 어린 눈으로 그걸 보면서 말을 이었다.

"하지만…… 그건 실패했지. 심연의 왕좌는 이미 깨어 있었거든. 나는 어떻게든 그의 충복이 되고 싶었으나, 그마저도 불가능했어."

역천자의 삶에서 가장 큰 절망이라 할 수 있는 것은 분명 그 때였다.

"하지만 말일세. 그 덕분에 나는, 내가 정녕 바라는 것이 무언가를 다시금 생각하게 되었지. 나는 말일세. 심연의 왕좌의 충복이 되고 싶은 것이 아니었어."

진정으로 바라던 것.

"나는 혼돈의 사도가 되고 싶었던 걸세."

분명 그랬다.

역천자가 저런 존재가 될 수 있었던 것은, 혼돈을 이해하고 융화를 이루었기 때문이다.

그는 어비스의 신격 중 유일하게 자신을 침범하는 혼돈과 합일했고, 결국은 혼돈을 이해했다. 그렇게 역천자는 혼돈에 대한 넘치는 경의를 갖게 되었다. 모든 것을, 신격마저 집어삼키는 그 힘.

끝없는 혼돈 속에서는 모두가 함께 뒤섞인다. 그것에 존재의 격과 역사와 신화는 아무런 의미를 갖지 못한다. 그 힘이야말로 진정 무한한 가능성이라고 말할 수 있으리라.

역천자는 그런 혼돈을 경의하며 숭배한다. 그렇기에 그는 스스로 혼돈의 사도라 자처했다.

그렇기에 그는 더 이상 역천자가 아니다. 술과 마도의 종주인 역천자는 더 이상 그의 존재를 대표하고 증명하지 않는다.

이미 그는 혼돈의 사도였다.

"심연의 왕좌의 허락은 필요 없었어. 나는 이미, 유일한 혼돈의 사도가 된 게야."

비록 심연의 왕좌가 있음으로써 어비스와 혼돈이 만들어졌다지만. 역천자에게 있어서 그건 더 이상 아무런 의미를 갖지 않는다. 그는 여전히 심연의 왕좌를 존중하지만, 그 존중은 위대한 신에 대한 경배는 아니게 되었다.

"그러니 나는 멈추지 않을 걸세. 혼돈의 사도인 내가 해야 할 마땅한 일은 혼돈을 전파하는 것이고, 나는 '단 한 번도' 실패하지 않고 여기까지 도달했네. 만약 자네가 심연의 왕좌의 의지로 날 막으려 든다면."

역천자는 잠시 말을 멈추었다. 그는 슬픔 가득한 눈으로 백현을 응시했다.

"그건…… 굉장히 슬프고, 하고 싶지 않은 일이지만. 자네가 정말로 나를 방해한다면. 나는 자네를 죽일 수밖에 없지."

백현은 어깨에 앉은 악몽의 결정자를 들어 올렸다. 그녀는 버둥거리지 않고 백현을 내려다보았다.

그럴 필요까지는 없을 터이나, 악몽의 결정자는 죄악감과 미안함을 느끼고 있었다.

[……미안해.]

"당신이 사과할 필요는 없잖아요."

[아냐, 사과해야 해. 나름 박식하다고 생각했는데……. 역천자의 의도는 상상하지도 못했어. 그리고 널 말리지도 못했지.]

오히려 백현이 일으키는 파괴를 보고 싶어서 부추기기도 했다. 그 순간에 조금 더 이성적이었다면. 아니, 충분히 이성적이었다. 탐구자로서 말이다.

[그래서 미안한 거야. 내가 마법사가 아닌 신격으로서 이성적이었다면. 역천자의 목적을 알 수도 있었어.]

백현은 악몽의 결정자를 놓아주었다.

"당신이 나한테 사과할 이유는 조금도 없다고 생각해요."

[단순한 자기만족일 뿐이야.]

"그러면 됐어요."

백현은 히죽 웃으며 몸을 돌렸다. 어비스 너머에서 역천자는 여전히 서글픈 표정을 짓고 있었다.

뚜둑.

백현의 손가락이 쥐어졌다.

"난 말이야."

토옹.

백현의 발끝이 땅을 걷어찼다. 처음 어비스 너머에서 역천자의 모습을 보았을 때는 찰나에 거리를 좁혀 머리를 박살 낼 수 있다 생각했지만. 어비스를 뛰어넘는 백현은 그리 빠르지 않았다. 오히려 여유까지 느껴졌다.

"이게 참 마음에 안 들어."

백현의 몸이 땅에 내려왔다. 그는 역천자, 아니, 그의 사도와 그리 떨어지지 않은 곳에 섰다.

사도의 몸은 멀리서 보았을 때도 느꼈지만, 컸다. 근육이 전투를 위해 발달한 것보다는, 그냥 키가 컸다. 그래서 올려 볼 수밖에 없었다.

"처음부터 쭉 그랬단 말이야."

첫 만남은 철혈궁에서.

역천자는 높은 계단에 앉아, 백현을 내려 보고 있었다.

"지금도 그렇고."

키는 어쩔 수 없는 것이라지만. 그래도 마음에 들지 않는 것은 마찬가지였다.

하지만 정말로 마음에 들지 않는 것은, 역천자가 높은 곳에서 자신을 내려 본다는 것이 아니다.

"넌 꼭, 마음만 먹으면 나 따위는 어렵잖게 죽일 수 있다는 듯이 굴어."

"그게 그리도 불쾌했나?"

역천자가 빙긋 웃으며 물었다.

슬프고, 하고 싶지 않지만. 그래야 한다면, 죽일 수밖에 없다고.

역천자는 그렇게 말했다. 역천자가 늘어놓은 말 중에서 그것이 가장 불쾌했다.

역천자가 백현의 모든 것을 이용했다는 것도 불쾌하기는 하지만, 그거야 뭐 어쩔 수 없는 일 아닌가. 이쪽이 무지했을 뿐이다.

하지만 지금은 다르다. 대놓고 언제고 죽일 수 있다고 구는 꼴이 불쾌하고 마음에 안 든다. 짜증 난다.

"정말 할 수 있겠어?"

백현은 손가락을 들어 올렸다.

툭. 그의 손끝이 역천자의 가슴을 두드렸다.

"정말로, 언제고 날 죽일 수 있다는 거야?"

"하지도 못할 것을 떠들지는 않네."

노골적인 비꼼에도 역천자는 여전히 웃고 있다. 그는 가슴을 툭툭 찌르는 백현의 손을 내려 보며 말했다.

"그러는 자네야말로. 정말로 괜찮겠나? 난 말일세, 하지 않아도 될 말을 떠들었네. 자네의 감정을 자극해 보고 싶었거든. 성숙해진 자네가 어떻게 나올지 궁금했어."

"그래서, 만족했어?"

"만족, 만족이라……. 잘 모르겠군. 하지만 자네에 대해 보다 알게 된 것 같은 기분일세. 자네는 역시 정상이 아니야. 보통의 사람이라면, 자의로 인한 것이 아니라 해도. 일어나 버린 사건에 책임을 느끼겠지. 죄책감에 자책할지도 모르고."

"화만 나는데?"

"자네는 그것뿐이지. 자네의 도움으로 일이 이렇게 된 것에 아무런 자책도 하지 않아."

"일어나 버린 것을 뭐 어쩌겠어."

"지금 자네가 나와 싸우는 것조차 내 계획의 일부이며, 내가 그걸 이용할 것이란 생각은 하지 않나?"

"글쎄. 여태까지 겪어본 바에 따르면, 지금 내가 너와 싸우든 싸우지 않든 변하는 것은 없을 거야. 그 정도 대비도 하지 않고 네가 아가리를 놀렸을 것 같지는 않거든."

백현은 히죽 웃으며 말했다. 그 말에 역천자는 껄껄 웃음을 터뜨렸다.

확실히. 처음 보았을 때와는 너무 달라졌다. 그때는 앞뒤 상황도 가리지 않고 덤벼들었는데…….

'성장했어.'

힘뿐만이 아니라, 모든 것이.

역천자는 짝짝 박수를 쳤다. 어쩔 수 없는 적이라고 해도, 이리도 눈부시게 성장하였으니 감탄하는 것이 마땅했다.

"과연. 그렇다면, 자네는 하고 싶은 대로 하겠군?"

"응."

백현은 활짝 웃으며 말했다.

"결과가 이미 정해져 있다면. 최소한 나 하고 싶은 대로 해야 성이 풀릴 것 같아."

백현의 손이 다시 뻗어졌다.

이번에도 손가락 하나. 단순히 불쾌감만 전할 뿐인 찌르기가 다시 한번 역천자에게 향한다. 가만히 서서 받아내기만 했던 역천자가 발끝을 들었다.

자연스러운 동작으로 보였다. 백현의 손이 역천자의 가슴을 찌르려 했고, 역천자는 그 순간에 몸을 비틀었다.

피슉.

길게 쏘아진 빛줄기가 나무를 꿰뚫는다. 역천자는 빙글 몸을 돌려 백현을 향해 손바닥을 뻗었다.

백현의 눈으로는 하품이 나올 정도로 느리게 보인다. 그는 손을 움직여 역천자의 손목을 낚아챘다.

그리고 바짝 끌어당기며 역천자의 다리 사이에 발을 걸었다. 다리가 걸린 역천자의 몸이 휘청거리며 무너진다.

백현은 그의 뒷머리를 움켜쥐고서 역천자의 머리를 땅에 처박았다.

하지만 아무런 타격감도 없었다. 역천자의 모습은 허깨비처럼 사라져 있었다. 바로 방금 전까지 이 손으로 잡고 있었는데.

백현은 피식 웃으며 몸을 일으켰다.

'환술.'

백현은 역천자가 어느 순간에 환술을 펼친 것인지 알 수가 없었다.

가벼운 환술도 아니다. 눈을 속이는 것을 떠나 감각 전체를 속이고 현실에 작용하는 환술. 그건 이미 신격의 신술(神術)이다.

백현은 양손을 들어 올렸다.

역천자의 환술은 이미 전에도 겪어보았다. 도망치는 검령을 뒤쫓았을 때. 백현은 역천자가 만들어낸 정신세계에 묶였다.

거기서 역천자는 백현을 위하듯 조언해 주었다. 상대의 마음을 읽고 머릿속에 부리는 농간은 경험과 확실한 암시로 간단히 깨버릴 수 있다고. 그 경험은 역천자가 주었다.

암시? 확실하다. 일단 죽인다. 놈의 본신이 아닌 사도라고 해도 상관없다. 그래도 죽인다.

그 확실하고 분명한, 그러면서도 난폭한 살기가 백현의 의식을 날카로이 만든다.

세계에 균열이 생겨났다. 백현은 망설임 없이 그 균열을 향해 주먹을 내질렀다.

쫘지직!

풍경이 박살 나 흩어지고 새로운 풍경이 보인다. 역천자의 사도가 놀란 표정으로 백현을 보고 있었다.

"깨뜨렸다고? 허허!"

이전에 해준 조언에 거짓은 없었다. 하지만 조언을 듣는다고 하여 깨뜨릴 정도의 환술이라면 결코 신술이라 할 수 없다.

"암시만으로? 술법을 이해하지도 못하면서! 심연의 왕좌의 도움도 없었을 텐데!"

역천자는 펄쩍 뛰어올랐다.

백현은 머리를 좌우로 꺾으면서 역천자가 날아오르는 것을 보았다.

그의 귀를 관통해 있던 뼛조각이 뽑혀졌다. 역천자는 그 뼈를 악력으로 바스러뜨리면서 혀끝을 씹어 피를 내었다.

진언과 함께 내뱉은 핏방울이 허공에 글자를 만들었고, 손 안에서 바스러진 뼛가루들이 흩뿌려졌다.

그러자 세상이 일렁거린다. 요동친 대지가 백현의 발을 붙잡으려 했고, 핏물을 머금은 뼛가루가 휘몰아친다.

"난 배우는 게 빠르거든."

백현은 그렇게 중얼거리면서 하늘로 뛰어올랐다. 휘몰아치던 뼛가루가 통째로 백현을 덮친다.

그 공격에 살의는 없었다. 손짓으로 그를 일소하려던 백현의 몸이 움찔 굳었다. 직전에 번져 나간 불길함이 뼛가루를 공격으로 바꾸었다.

"지금도."

입자 하나하나가 불온하다. 뭣 모르고 손을 대었다가는 침식된다.

"배우고 있는 거야."

콰르르!

먼저 나간 파천강기가 뼛가루를 집어삼켰다. 치솟는 땅을 향해 발을 내리찍는다.

대지가 정지했고, 백현은 파천강기 속으로 뛰어들었다. 그 순간에 펼친 질풍신뢰가 백현을 사라지게 만들었다.

"너한테."

보여줘서 좋을 것이 없다. 역천자는 싸움을 포기했다. 저 성장력은 경이롭다. 그렇다고 앞장서서 북돋아서는 안 된다.

역천자는 목에 걸고 있는 뼈 목걸이를 붙잡았다.

"널 죽이는 법을 배우는 거지."

등 뒤에서 느껴지는 섬뜩함.

역천자는 껄껄 웃었다. 섬뜩함은 덮쳐오지 않는다. 백현은 그냥 뒤에 서서, 역천자를 보고 있었다.

"거봐."

백현은 양손으로 역천자의 어깨를 잡았다.

"쉽게 죽일 수 없다고 했잖아. 자, 하던 거 계속해. 자살하려고 했던 거 아냐?"

"……후후!"

역천자는 웃음소리를 흘리며 고개를 끄덕거렸다.

"확실히. 쉽지는 않을 것 같군. 하지만…… 너무 어렵지도 않아."

"그래? 원래 다들 그래. 직접 해보지 않고서는 어지간하면다 할 수 있을 것 같고, 막상 해보고 나서는 못하겠구나, 하는 거야."

백현은 역천자의 어깨를 으스러뜨리지 않았다. 오히려 격려하듯 역천자의 어깨를 두드렸다.

"그러니 다음에는 직접 해봐. 쉬운지 어려운지 말이야."

"아직 자네를 적이라 생각하지는 않네."

역천자는 그렇게 중얼거리면서 목걸이를 천천히 당겼다.

"하지만 이건 확실하군."

백현은 빙긋 웃었다.

"자네는 너무 위험해지고 있어."

목걸이를 당긴 것과 동시에, 사도의 몸뚱이가 폭사했다.

"끝까지 나대기는."

백현은 낄낄 웃으면서 몸에 묻은 먼지를 툭툭 털었다.

"결국 쫄아서 튄 거면서 말이야."

9장
도망쳐

"으음."

가부좌를 틀고 앉아 있던 몸이 흠칫하고 떨린다.

역천자는 작은 신음을 내며 관자놀이를 문질렀다.

사도가 죽은 것뿐이지만, 꽤 오랫동안 사용해 온 만큼 연결이 강했다. 말이 사도지 의체라 해도 손색이 없을 정도였고, 여러 권능을 사용하게끔 하면서도 몸뚱이의 기능을 떨어뜨리지 않게 하기 위해 복합적으로 강화까지 시켰다.

그만큼 공을 들인 몸뚱이니, 부서진 것에서 어느 정도 부담이 오는 것은 당연했다.

아깝다는 생각도 있었지만, 그래도 후회는 없었다.

'잡힌 것보다는 낫지.'

백현에게 죽은 것보다도 낫다. 백현의 곁에는 악몽의 결정자가 있다. 역천자가 직접 죽게 하지 않았다면, 악몽의 결정자는 자신의 권능을 사용해 사도의 육체를 되살렸을 것이다.

그렇게 되면 굉장히 골치가 아파진다. 시체는 어떤 면에서는 살아 있을 때보다 많은 정보를 간직하고 있다.

악몽의 결정자라면 사도의 시체에서 뽑아낼 수 있는 모든 것을 뽑아내고, 그로도 모자라 제 권속으로도 삼았을 것이다. 그렇기 때문에 아깝다고 생각하면서도 죽게 할 수밖에 없었다.

역천자는 아쉬움에 긴 한숨을 내쉬었다. 굳이 사도까지 드러낸 것은 그만큼 백현과 손을 잡고 싶어서였다. 하지만 그마저도 실패했다. 사도를 죽게 한 것보다 그게 더 아쉽다.

"두렵기도 하군."

역천자는 가면을 어루만지며 중얼거렸다. 심연의 왕좌의 사도……. 그것을 떠나, 백현이 가진 넘치는 재능이 두렵다. 날고 긴다 하는 초월종의 가능성마저 뛰어넘는 압도적 재능. 솔직히 그것을 재능이라 말해야 할지도 의문이다.

"더 보여주면 정말로 위험할 수도 있겠어."

역천자는 천천히 몸을 일으켰다.

그는 주변을 쓱 둘러보았다. 본래 환하게 밝혀져 있던 촛불들이 모조리 꺼졌고, 불 꺼진 초는 불빛과는 전혀 다른 불길한 기류에 휘감겨 있었다.

역천자는 그것을 보며 뿌듯한 기분을 느꼈다.

처음 아마존에 들어오고서 오 년. 영겁을 살아가는 신격에게 있어서는 결코 길다고 할 수 없는 시간이지만, 역천자에게 있어서는 충분히 길고 간절한 시간이었다.

'심연의 왕좌……'

이 일 또한 심연의 왕좌는 원하지 않을 것이다. 그에 대해 직접 듣지는 못했지만, 그의 사도인 백현이 이곳까지 직접 온 것을 보면 틀림없는 일이다.

하지만 상관없는 일이다. 심연의 왕좌가 바라는 일이 아니라고 해도 문제 될 것은 없다. 역천자는 분명한 확신을 가지고 있었다. 이 모든 것은 혼돈을 전파하기 위함이다.

"곧이군."

역천자는 천천히 걸으며 중얼거렸다.

준비는 모두 되었다. 혼돈과 융화하고, 성역을 벗어나 어비스를 활보할 수 있게 된 후. 그 시간을 무의미하게 보낸 적은 없다. 허락된 모든 시간을 오늘만을 위해 준비했다.

현실에서도, 어비스에서도. 검무희와 혈사자를 통해 문을 열려고 했던 것조차도 오늘을 완성하기 위한 조건을 갖추는 것에 지나지 않았다.

"곧이야."

역천자는 즐거운 목소리로 말하며 양손을 들었다. 그의 손이 어둠을 밀어젖혔다. 그렇게 열은 문밖으로 걸어나가며, 역천자는 고개를 들어 위를 보았다.

다양한 풍경이 보이고 있었다.

하나, 둘, 셋……. 그 수가 모두 열셋. 역천자는 그 열세 개의 풍경을 보며 빙긋 웃었다.

"오늘 이후로 어찌하기는 그대들이 어찌하느냐에 달린 것이지만."

열세 개의 풍경.

"다들 몸이 달아 있을 게야. 그렇지 않더라도 간절한 이들도 있을 테고."

역천자는 빙긋 웃었다.

열세 개의 풍경은, 각기 다른 성역을 비추고 있었다.

"생각했던 것과 너무 다르지 않아?"

발렌시아는 투덜거리면서 나무에 등을 기댔다. 비서는 발렌시아의 곁에 다소곳이 앉아, 끝을 자른 시가를 발렌시아에게 건네주었다.

발렌시아는 피식 웃으며 시가를 입에 물었다.

"이 빌어먹을 정글에 와서 한 고생들이 죄다 물거품이 된 기분이야."

"네거티브보다는 포지티브."

시가의 끝에 불이 붙었다. 발렌시아는 짜증 가득한 눈으로 올라가는 연기를 바라보았다.

그래, 포지티브. 긍정의 힘.

"개뿔이나."

피울 기분도 아니었다. 발렌시아는 시가를 퉤 뱉으며 눈썹을 확 구겼다. 그러자 비서가 벌떡 일어섰다. 갑작스러운 기상에 발렌시아는 그만 화들짝 놀라 버렸다.

"뭐, 뭐!"

잠시 발렌시아를 노려보던 비서는, 홱 몸을 돌리더니 쪼르르 달려가 아직 불이 붙은 시가를 주워들었다.

"쓰레기는 쓰레기통에."

"지랄……."

"아, 제발 좀. 마스터가 빡친 건 이해하지만, 그렇게 틱틱대 봐야 뭐 바뀌기나 한데요?"

"야! 우리가 여기서 얼마나 고생했는지 알아?"

"고생은 무슨, 대체 뭐가 힘들었다고? 남들이 좁아터진 텐트에서 처잘 때마다 대궐 같은 이동 별장에서 살았으면서."

"그렇다고 도시랑 정글이 같냐!"

"이보세요, 마스터. 양심이 있으면 그렇게 말하면 안 되죠."

"몇 달이나 정글에 처박혀 있던 것이 스트레스인 거야. 그래, 그렇게 개고생을 하면서 뭔가 충족감이라도 얻었으면 말도 안 해."

"충족감은 이미 얻지 않았어요? 마스터가 조사단에 참여하는 조건으로 독일 정부한테……."

"그건 그거고."

"거기에 조사 과정에서 획득하는 몬스터 사체에 대해 마이스터 길드의 최우선 입찰권도 보장받았잖아요."

"그건 내가 굉장히 양보해 준 거지. 애초에 내가 죽인 몬스터의 시체도 입찰해야 한다는 것은 횡포라고."

"픽이나. 그리고 마스터가 몬스터를 죽인 것보다 다른 헌터들이 죽인 것이 훨씬 많은데."

"넌 대체 누구 편이야?"

"그만 징징거리라는 거예욧."

시가를 휴대용 쓰레기통에 집어넣던 비서가 쏘아붙였다.

"긍정적으로 생각하라니까요? 덕분에 귀찮은 일은 여기서 끝났잖아요. 결계도, 술법의 주심도 백현 님이 해결해 줬잖아요?"

"그래서 물거품이 되었다는 거지."

"몇 번이나 말해야 하는 거야? 긍정적으로 생각하라고요."

"아니, 도저히 못 그러겠어. 팔로워나 마타도르도 죄다 뒈졌잖아! 그럴 거면 우리가 여기 온 이유가 뭔데?"

발렌시아가 짜증을 내는 가장 큰 이유는 그것이었다. 결계를 부수고 주심을 찾아내는 것을 백현이 대신해 준 것이야 뭐, 짜증 날 일은 아니다. 압도적으로 수가 많은 조사단이 우루루 몰려다녀 봐야 그에 대한 성과는 내지 못했으니까.

조사단이 아마존에 온 목적은, 득실거리는 몬스터의 토벌이 전부가 아니다. 세계 각지에서 테러를 일으키던 마타도르의 추격과 정체를 알 수 없는 팔로워라는 집단을 확보하기 위해서였다. 그것을 위해 몇 달 동안이나 도시를 떠나 이 오지에서 개고생을 한 것이다.

그렇게 고생을 하고서 팔로워와 마타도르를 확보했다면 큰 불만은 없을 것이다. 이곳에서 한 고생쯤이야 인생에서 한 번쯤은 겪어볼 만한 캠핑 체험이라고 생각할 수 있다.

"……뭐, 그건 그렇지만. 그래도 긍정적으로 생각하자고요. 샤나크 님이 영혼을 불러내고 있으……."

"아니."

비서는 말을 멈추고 뒤를 돌아보았다. 무뚝뚝한 표정의 샤나크가 다가오고 있었다.

백현의 앞에서는 전혀 어울리지 않는 프레디 흉내를 냈지만, 지금의 그는 콧수염 따위는 달고 있지 않았다.

"불러내지 못했다."

대신에 머리 위에 봉제 인형을 앉혀두고 있었다. 이미 몇 번을 본 모습이지만, 봐도 봐도 표정 관리가 안 된다.

"……정말로?"

"죽은 건 확실하다. 하지만 영혼은 불러낼 수 없어."

죽은 영혼은 어지간한 망집과 원한이 있지 않은 한, 이승을 떠나 명계로 인도된다.

흑마법의 네크로맨시는 죽은 육체만을 언데드로 되살리는 것이다. 거기서 훨씬 고차원적인 네크로맨시는 망집과 원한으로 이승에 남은 영혼을 조율한다.

그것만이라면 결국 단순한 네크로맨서에 머무를 뿐이다. 그 분야로 신격을 이룬 악몽의 결정자의 네크로맨시, 그중에서도 독보적이라 할 수 있는 강령술은 명계에 인도된 혼마저 불러온다.

물론 윤회의 문을 지나지 않은 혼까지지만. 윤회하지 않았다면, 삼도천 도중이나 염라국에 입성한 혼, 혹은 지옥에서 속죄하고 있는 혼마저도 불러들일 수 있다.

그런 악몽의 결정자의 강령술이지만, 저들의 혼은 불러낼 수 없었다.

샤나크는 고개를 돌려 뒤를 보았다. 아마존에 있는 다섯 개의 어비스 중 하나. 그 앞에 수많은 사람이 무릎을 꿇고 앉아 있었다.

팔로워와 마타도르. 그들이 전부가 아니었다. 제각각의 복색을 한 원주민들. 이 정글에 숨어들었던 고스트들. 그들 전원이, 커다란 어비스의 입구에 빙 둘러 무릎 꿇고 고개를 푹 숙이고 있었다.

"죽은 지 오래되지는 않았다. 시체의 상태를 보면 고작 하루 전이야."

샤나크는 그렇게 말하면서 머리에 올려둔 봉제 인형을 가리켰다.

"모든 영혼은 죽고서 일주일이 지나야만 삼도천을 건널 수 있다. 하루밖에 되지 않았다면 아직 명계를 떠돌고 있어야만 해. 삼도천을 건너고 염라국에 도착해 판결을 받아, 윤회하는 것은 아무리 짧아도 보름은 걸린다."

그러니 강령술은 절대 실패하지 않는다. 하지만 실패했다.

"악몽의 결정자는 '제물'로서 바쳐졌기 때문이라 말하더군."

"……제물?"

"저들 모두가 인신 공양의 제물로 쓰였다는 말이다. 육체를 내버려 두고 영혼만 뽑혀 바쳐진 거지. 그런 영혼이라면 강령술로도 불러낼 수 없다."

백현 쪽에 보내둔 의체를 통해 역천자의 의중은 파악했다. 거기에 산 제물. 역천자가 백현에게 떠든 이야기들. 봉제 인형은 아무런 말도 하지 않고 있었다.

악몽의 결정자는 이 상황을 이해하고, 도대체 무슨 일이 벌어지는가에 대해 모든 자아를 동원하고 있었다.

혼돈의 전파. 허구의 신앙을 집중시킨 월드이터. 세상에 전파시킨 공포. 마룡왕이 용성군을 쳐 죽이는 광경은 이미 세상 곳곳에 비쳤다.

어비스의 괴물에 대한 공포는 대중에게 전염되어 극에 달할 것이다. 백현의 파천이 만들어낸 인위적인 혼돈.

그리고 산 제물.

'이 정도 조건.'

족히 몇 년을 공들여 갖춘 조건이다. 산 제물이야 마련하는 것이 어렵지 않겠지만, 그 산 제물의 조건을 강제가 아닌 자발적인, '신앙'이라는 추상적인 것으로 똑같이 맞추는 것은 결코 쉬운 일이 아니다. 그것도 산 제물을 자처할 정도로 강렬한 신앙심.

그리고 세상 전체의 공포. 그 또한 실체하시 않는 것. 주술뿐만이 아니다. 추상적 조건은 마법에 있어서도 큰 가치를 갖는다.

원한이 강할수록 강력한 언데드로 소생되는 것과 똑같다.

"용성군 쪽은 어때?"

"패닉이지. 대뜸 일반인이 되어버렸으니 말이다."

조사단 측에는 용성군과 계약한 헌터들의 수도 상당했다. 그런 그들이 한순간에 일반인이 되어버린 것이다.

그들에게 군이 '왜' 그렇게 될 수밖에 없었는가에 대한 설명은 불필요했다.

아마존의 하늘.

역천자의 연기가 일으킨 신비경의 광경은, 아직도 비치고 있었다. 마룡왕은 고고한 모습으로 하늘에 서서 불타오르는 신비경을 내려다보고 있었다.

이미 모든 것이 불타 버렸는데도, 마룡왕이 일으킨 불꽃은 꺼지지도 않고 그 기세가 줄지도 않았다. 여전히 불꽃은 포악스럽게 타오르며 이미 전소해 버린 신비경을 불태우고 있었다.

"말도 안 되는 괴물이야."

발렌시아는 불타는 세상을 내려다보는 마룡왕을 응시하며 어깨를 떨었다.

저게 어떤 괴물인지는 들었으나, 그를 안다고 하여 마룡왕의 파괴적인 힘을 이해할 수는 없었다.

저런 괴물이 어비스에 있었을 줄이야. 듣자 하니 신격도 상실한 상태라던데…… 그렇다면 문제는 더더욱 심각해진다. 저 괴물이 어찌하느냐에 따라, 천존이 벌인 학살은 짓궂은 어린애의 장난질로 회자될 대학살이 벌어질 것이다.

그건 저것을 보고 있는 모두가 느끼고 있었다.

발렌시아는 근처에서 뚱한 표정을 지으며 무릎을 끌어안고 앉은 사라를 힐긋 보았다. 막 조사단과 합류한 사라는 불퉁한 눈으로 마룡왕을 노려보고 있었다.

잠시 사라를 쳐다보던 발렌시아가 고개를 돌리며 물었다.

"템페스트의 사도는?"

"아직 저기 있어요."

"들여 본다고 해서 뭔가 이해할 수 있지는 않을 텐데. 만만찮은 똥고집이야."

발렌시아는 투덜거리면서 몸을 일으켰다. 서민식은 아직도 주저앉은 시체들 곁에 서서 어비스를 내려다보고 있었다.

그 근처에서는 조사단장을 맡은 체브가 똥 씹은 표정으로 서 있었다. 몬스터 토벌 외에 실적을 거두지 못했으니 표정이 구겨지는 것은 당연했다.

"미스터 서, 어찌해야 하겠소? 역시, 혹시 모를 생존자를 탐색하는 편이 낫겠지?"

체브는 은근한 목소리로 서민식을 꼬드기려 들었다. 제멋대로인 사도들은 마음에 안 들지만, 그나마 서민식은 대화가 가능한 부류였다. 비록 무의미한 탐색일지라도 뭐라도 건지기 위해서는 사도들의 협력이 필요했다.

서민식은 체브의 말을 들었음에도 대답하지 않았다. 그는 눈을 가늘게 뜨고 어비스를 들여다보는 것에 집중하고 있었다. 볼 때마다 빨려 들어갈 것 같은 기분을 전해주는 어비스지만, 지금은…… 뭔가……. 다른 기분을 전해준다.

이대로 물러가는 것이 마뜩잖은 것은 서민식도 마찬가지다. 아마존까지 왔다. 그가 추구하는 것은 몬스터의 토벌도, 팔로워나 마타도르의 확보도 아니다.

속죄. 그를 위해서는…….

어비스와 지구를 통틀어 가장 미지에 싸이고, 알 수 없는 음모가 도사리는 곳이 아마존이었다. 그러니 이곳에 온다면 속죄를 위한 실마리를 잡을 수 있으리라 생각했는데.

"아무것도…… 아무것도 들리지 않아."

"왜 내가? 왜 하필……!"

"나와, 나오라고! 왜 안 나오는 거야!"

뒤섞인 아우성이 요란스럽다. 체브의 골통을 아프게 하는 소음들이다.

용성군과 계약했던 헌터들은 자기들이 처한 현실을 부정하며 절망에 쌓여 있었다. 저들을 데리고 탐색을 감행할 수는 없다. 일단은 숲을 나가 저들을 돌려보내고, 현 상황에 대한 보고도 끝내야 한다.

'공포, 절망…….'

샤나크의 머리 위에서 악몽의 결정자는 여전히 집중하고 있었다.

굳이 보여준 이유.

공포. 대부분의 사람들은 마룡왕에 대해 모른다. 헌터들도 마찬가지다. 보통의 헌터는 군주와 직접 소통할 수 없다.

그렇다고 군주들이 마룡왕이 누구인지 직접 나서서 설명해줄 리가 없다. 게다가 대부분의 군주들에게도 지금의 상황은 당황스러운 일이다. 설명은커녕 본인들부터가 이 상황을 이해하고 납득하는 것이 먼저다.

결국. 대부분의 사람들, 아니, 거의 전원이 마룡왕이 '누구인지' 모르는 것이다.

역천자가 비춘 영상에서 소리는 없다. 저들이 어떤 대화를 나누었는지, 왜 용성군이 죽어야만 했는지. 마룡왕이 신비경을 불태운 것과 용성군을 죽인 인과 관계는 모조리 가려지고, 그저 신비경의 몰살과 용성군의 죽음만이 비친다.

그로 인한 공포. 마룡왕을 모르기에, 사람들은 저것을 뭔지 모를 괴물이라 인식할 수밖에 없다.

[아.]

이 일대에 영향을 끼치는 술법의 주심은 어비스.

산 제물은 이미 바쳐졌다.

대체 무엇을 위한 산 제물이었을까. 신비경과 마룡왕을 불러들이기 위한? 그것이 전부였다면 굳이 마룡왕의 모습을 비춰낼 필요도 없을 터.

[샤나크.]

악몽의 결정자는 딱딱하게 굳은 목소리로 내뱉었다.

"응?"

[도망쳐. 지금 당장.]

아직 늦지 않았겠지. 하지만 확신은 없다. '시작'은 예상이 불가능했다. 그렇다면 당장에라도 도망칠 수밖에 없다.

'……뭔가……'

어비스를 들여다보고 있던 서민식은 눈썹을 찡그렸다.

빨려 들어가는 느낌이 아니라 다른…….

'튀어나올 것 같은.'

정말 튀어나올지는 알 수 없지만, 통 아저씨에 칼을 하나하나 밀어 넣을 때, 나올까, 나올까…… 하는, 보다 더 노골적인 기분이 어비스 안에서 어떠한 빛이 스멀거린다.

착각이 아니었다. 빛은 천천히 기어오르고 있었다.

서민식은 움찔 놀라 뒷걸음질 쳤다.

[도망쳐!]

그것을 본 템페스트가 급히 내뱉었다.

[도망쳐.]

그 말은 백현도 똑같이 들었다.

어비스 안을 들여다보고 있던 백현은, 악몽의 결정자의 목소리에 고개를 돌렸다.

표정을 바꿀 수 없는 봉제 인형이지만 목소리를 통해 감정을 전해 들을 수 있었다.

"왜요?"

대뜸 도망치라는 말을 들었지만, 이유는 알고서 도망쳐야 할 것 아닌가. 어비스에서 전해 받는 기분이 '바뀌었다'는 것은 느꼈다.

빨려 들어가는 것이 아니다. 뭔가 튀어나올지 모른다는 불안감. 그것이 점점 강하게 엄습해 오고 있다.

[단순히 결계를 위한 주심이 아니었어. 그리고 술법을 펼치기 위한 조건은 이미 갖춰졌다. 아니, 지금도 충족되고 있지.]

악몽의 결정자가 빠르게 내뱉었다.

[네가 결계를 박살 낼 수 있을 만한 힘을 끌어내게 한 것은 신비경을 침식시키고 마룡왕을 소환하기 위한 조건이었을 뿐이야. 마룡왕은 용성군을 죽이고 신비경을 불태웠다. 그조차도 조건을 갖추기 위해서였던 거야.]

이렇게 판을 깔아준다면, 마룡왕은 반드시 역천자의 의도대로 움직이게 된다.

용성군을 죽인다는 것은 마룡왕의 지상 과제다. 자신의 행동이 역천자에게 이용된다는 것을 알지라도, 마룡왕은 용성군을 죽였을 것이다.

[조건이 갖추어진 이상 다음의 술법이 완성된다. 이 정도 조건을 갖추어 펼친 술법이라면 이 세계, 차원 자체에 작용해. 신격의 행사를 아득히 뛰어넘은 일이지만.]

조건은 모두 갖추었다. 술법은 마법과 다른 불가사의한 힘이다. 수행에 따라서 격 낮은 인간이라 할지라도 상위 격의 존재를 사역하게 해준다.

조건과 내용에 따라 존재의 격에 구애받지 않는 것. 그 종주라 할 수 있는 역천자가 넘치는 조건을 갖추고서 술법을 이끄는 것이다.

[막을 수 없어. 무조건 일어난다. 네가 아무리 대단하다지만 이 정도 규모의 신화술법(神化術法)을 막을 수는 없다. 정확히 어떤 일이 벌어질지는 모르지만, 장담하지. 그건 절대로 휘말려서는 안 돼.]

"그렇게 말하니까 꼭 겪어보고 싶은데."

[야 이 바보 새끼야. 한번 죽어봤으면서 아직도…….]

"농담이에요, 농담."

백현은 손사래를 치며 등을 돌렸다.

"예전이라면 두근거리며 기다렸겠지만. 지금은 그렇게 죽고 싶지 않아져서."

제 버릇 남 못 준다더니. 백현은 두근거리는 심장 소리와 꿈틀거리는 욕망을 억눌러 참았다.

예전이라면 참으려 들지 않았을 것이다. 그때의 백현은 욕구 불만에 사로잡혀 있었고, 세상이 얼마나 넓은지를 알지 못했다.

하지만 지금은 아니었다. 도원경을 나오고서 억눌렀던 욕구는 완전히 해소되었고, 세상이 넓다는 것을 알았다.

'어라.'

등을 돌려 걸으면서, 문득 생각이 들었다.

도원경을 처음 나왔을 때는 파천신화공을 완성시키는 것이 가장 뚜렷한 목적이었다.

그런데. 어느 틈엔가 파천신화공의 완성보다는 싸움, 무 자체를 추구하고 있었다.

"뭐, 똑같나."

백현은 피식 웃었다.

파천신화공은 무 자체. 무를 추구하는 것은 파천신화공을 완성시킨다는 목적 자체를 포용하고 있다.

실제로 그랬다. 백현의 파천신화공은 다양한 전투와 경험을 통해 성장하고 있다. 지금에 이르러 백현의 파천신화공은 스승의 것과는 다른 형태로 완성되고 있다.

그렇다고 하여 파천신화공이 아니게 된 것은 아니다. 애초에 파천신화공은 초식 없는 무 그 자체. 무를 완성한다는 것은 파천신화공을 완성한다는 말이다.

내 성취가 몇 성이던가.

문득 떠올린 의문이 머릿속에서 사라진다. 답은 필요 없다. 단계적으로 쌓아가던 성취란, 결국 무공의 '완성'이라는 동기를 강하게 부여하기 위함일 뿐이었다.

무 자체라 할 수 있는 파천신화공을 성취로 얽매는 것은 애당초 모순이었다.

스승인 무신마도 말하지 않았나. 자신의 파천신화공은 이미 극성이나, 완성은 아니라고.

다를 것 없었다. 백현의 파천신화공은 이미 극성이다. 하지만 완성되지는 않았다.

그를 완성한다는 것은 무 자체를 완성한다는 것이다. 그를 추구하며 살아가는 것은, 강자와의 생사결을 하다 결국 죽을 때와 비할 수 없는 즐거운 여정이 될 것이다.

그리고 진정 무를 완성할 때 얻는 충족감은 싸움 끝에 후회 없이 죽을 때보다 더한 충족감을 줄 것이다.

그러니 쉽게 죽고 싶지 않았다. 그렇게 죽으면, 더 재밌는 싸움을 하지 못하니까.

[네가 똥멍청이가 아니라서 다행이다. 서둘러. 샤나크에게도 전해졌으니까, 일단 결계가 있던 영역을 벗어나도록 해.]

"사라도 잘 챙겨주세요. 사도만 챙기지 마시고."

[날 뭐로 보는 거야?]

악몽의 결정자가 투덜거렸다. 백현은 피식 웃으면서 악몽의 결정자를 손으로 잡았다.

그는 마지막으로 어비스를 힐긋 돌아보았다. 그 안에서 스멀거리며 빛이 올라오고 있었다. 전신에 찌릿하고 소름이 돋는다. 분명한 위기감이 엄습해 온다. 과연 무슨 일이 벌어질까. 백현은 두근거리는 기분을 진정시키며 땅을 박찼다.

'무슨 꿍꿍이인지는 모르겠네.'

어비스를 뒤로 하고 달리면서, 백현은 위를 힐끗 보았다.

'일단 보고 있을 셈인가?'

내리쬐는 태양의 바로 아래. 황금색으로 빛나는 '방주'는, 햇빛 속에 모습을 감추고 아래를 내려다보고 있었다.

시작되었다.

어비스에서 스멀거리며 올라온 빛이 구멍 전체를 채운다.

술법의 영향권 안에 있는 다섯 개의 어비스. 신화 술법의 주심인 다섯 개의 어비스가 술법이 시작되는 근원지였다.

어비스를 가득 채운 빛은 컵을 채우고 넘치는 물처럼 꿈틀거리며 구멍 바깥으로 흘러나온다.

조사단은 이미 자리를 떴다. 다른 누구도 아니고, 악몽의 결정자가 직접 도망치라 말하는 것을 무시하는 이들은 아무도 없었다.

그들이 있던 어비스 주변에 무릎 꿇고 바쳐진 시체들이 빛에 삼켜진다.

정글이 준동했다. 그곳에 사는 짐승과 벌레들은 본능적인 공포에 따라 그곳을 벗어났다. 움직일 수 없는 식물들은 제 자리에서 몸을 떨면서 빠르게 시들어갔다. 도망칠 수 없는 그들이 선택한 것은 늦기 전에 스스로 죽어버리는 것이었다.

모두가 도망친 것은 아니었다. 불길한 빛이 넘쳐 흐르는 어비스를 향해, 오히려 다가가는 것들이 있었다.

어비스에서 배출되어 이 거대한 정글을 새로운 터전으로 삼았던 몬스터들이 각각의 포효를 내지르며 어비스를 향해 달려들었다.

그 울부짖음에 흉포함과 살기는 없었다. 소통이 불가능한 몬스터들의 울음은 향수(鄕愁)를 가득 담아 간절하게 들렸다.

어비스에 도착했을 때, 몬스터들은 조금의 머뭇거림 없이 그 안으로 뛰어들었다.

"대체 뭐가 일어나는 거죠?"

해리는 창문에 찰싹 붙어 아래를 내려다보았다. 햇볕이 워낙 뜨거워 갑판으로는 도저히 나갈 수 없었다.

[몬스터가 혼돈으로 회귀하고 있습니다.]

하이로드가 중얼거렸다. 관측자라 표방하는 그였지만, 저 아래에서 벌어지는 일들은 아무리 관측해 보아도 이해가 되지 않았다.

오라클만 있었어도 이곳에서 벌어지는 일들을 통해 미래를 볼 수 있을 텐데. 하이로드는 진한 아쉬움을 느꼈다.

[어비스의 몬스터는 혼돈이 제각각으로 뭉친 것들입니다. 그렇기에, 어비스는 모든 몬스터의 궁극적인 어버이라 할 수 있죠. 그들이 저리 울부짖으며 뛰어든다는 것은……]

하이로드는 거기까지 말하고서 입을 다물었다.

오라클은 없다. 미래는 알 수 없다. 하지만…… 일어나는 상황들을 통해 무엇이 벌어질지는 유추할 수 있다.

어비스에 뛰어든다고 해서 몬스터가 어비스로 되돌아갈 수 있는 것은 아니다. 현실에 어비스가 나타난 후, 단 한 번도 몬스터들이 저런 행동을 한 적은 없다. 몬스터에게 있어서 현실에 나타난 어비스는 단순한 입구일 뿐이다. 한번 나오면, 절대로 다시 돌아갈 수 없는 문.

"뭐예요? 왜 말을 하다 말……."

해리의 말이 뚝 멈추었다. 곁에서 느껴지는 강렬한 한기에 해리는 홱 하고 고개를 돌렸다.

어느새 드레이브의 머리는 새하얗게 물들어 있었다. 그의 눈동자는 피처럼 붉었고 피부는 희어 창백했다. 그런 몸뚱이 전체에 붉은 문신이 번져가고 있었다.

"어, 어느새."

눈앞에 있는 것은 더 이상 드레이브가 아니었다. 순식간에 강신을 끝낸 '퓨어세인트'는, 해리의 의문에 대답하지 않았다.

퓨어세인트는 몸을 기울여 창문에 바짝 얼굴을 가져다 댔다. 커다랗게 뜬 눈이 저 아래에서 일어나는 일들을 보았다.

[강신……? 징조도 없었는데? 어떻…….]

당황한 것은 하이로드도 마찬가지였다. 하지만 그는 순식간에 어떠한 짐작에 도달했다.

[해리, 잠시.]

설명할 시간이 없었다. 아니, 하고 싶지 않았다. 하이로드는 자신의 짐작이 과연 사실인지 확인하고 싶어 견딜 수 없었다. 해리의 의식이 푹 꺼졌다.

"오."

겉모습의 변화는 없다. 애당초 하이로드의 본신은 거대한 '뇌'. 그가 즐겨 취하는 엘프의 모습은, 과거 엘프족의 선지자라고 불리던 시절의 회상에 지나지 않는다.

"오오."

하이로드는 해리의 양손을 내려다보면서 감동에 몸을 떨었다. 짐작이 확신이 되었다. 하이로드는 천천히 양손을 쥐었다 펴보았다.

강신은 신격을 사도의 몸에 담는 것. 하나 결국 사도는 인간이기에, 제아무리 조심하고 대비를 한다고 해도 '완전히' 신격을 강신시킬 수는 없다.

격 때문에? 아니, 그것이 전부는 아니다. 결국 신격은 사도와 동일한 차원이 아닌 외차원에 존재한다.

다른 차원에서 신격을 '강신시키는' 것은 그 자체만으로 인과율을 발생시키고, 사도가 직접 그를 감당한다.

"달라…… 여태까지 강신과는……."

순식간에 이뤄지는 강신. 차원을 격하면서 발생하는 필연적인 '시차'가 현저히 줄어들었다. 차원을 격하면서 발생할 인과율도 이전과 비교가 안 될 정도로 줄어들었다.

그것이 무엇을 의미하는가. 하이로드는 고민하지 않고 웃음을 터뜨렸다.

"대단해."

하이로드가 감탄에 몸을 떨 때. 퓨어세인트는 천천히 걸음을 움직였다.

하이로드는 확 하고 고개를 돌렸다.

그는 등 돌려 걷는 퓨어세인트의 손끝이 가늘게 떨리고 있는 것을 놓치지 않았다. 그를 본 하이로드의 얼굴에 웃음이 피어났다.

하긴, 당연히 그럴 수밖에. 신격들이 어비스에 온 지 십 년이 넘었다. 혼돈의 근원을 손에 넣겠다는 목적 일념하에 어비스에 오고, 다시는 어비스를 나갈 수 없는 몸이 되었다.

한 차원에서 숭배되던 신격들이 좁아터진 외차원에 감금되었고, 하찮은 인간을 무더기로 권속 삼아 탐색을 계속해 왔다.

그중에서. 퓨어세인트는 유일하게 혼돈의 근원을 손에 넣었던 신격이다. 혼돈을 폭주시켜 신격들이 외차원에 틀어박힌 꼴이 된 것은 따지고 본다면 퓨어세인트 때문이었다.

당사자인 퓨어세인트는 어떤 기분일까. 손에 넣기 직전에 혼돈의 근원을 놓쳤다. 그 결과 외차원에 틀어박히게 되었다.

그러나 지금. 신격들의 성역이 존재하는 어비스의 외차원이 이 세계, 바로 이 오지에 침식되고 있다.

즉, 신격들이 어비스 '밖'으로 벗어났다는 뜻이다. 권속과 같은 차원에 존재하게 되었으니 차원의 시차도, 인과율도 줄어든다. 완전하지는 않다지만 외차원에 머무를 때와는 비교도 할 수 없는 '자유'를 손에 넣은 것이다.

하이로드가 감탄과 희열에 몸을 떠는 것처럼, 퓨어세인트도 이 제한적 자유에 몸을 떨 수밖에.

하이로드는 결국 너도 다를 것 없다는 생각을 하면서, 방을 나가는 퓨어세인트를 보며 소리 죽여 웃었다.

"하."

퓨어세인트는 천천히 방주의 갑판 위를 걸었다.

바로 위에 있는 태양에서 뜨거운 빛이 내리쬐고 있지만, 퓨어세인트는 조금도 뜨거움을 느끼지 않았다. 오히려 그녀의 주변은 열기 없이 싸늘했다.

"하하."

웃음이 멈추지 않는다.

하이로드의 생각은 편협하다. 그는 오직 자신의 관점에서 보고 느낀 것만이 옳다고 생각한다. 관측자를 표방하고 있으면서도 객관적이지 않다. 그렇기에 퓨어세인트는 하이로드를 좋아했다. 저러한 모순, 자신에 대한 완고할 정도의 자기애. 나는 틀리지 않는다는 자신감.

'그 얼마나 하찮은지.'

퓨어세인트는 하이로드가 자신을 '통제'할 수 있다고 생각하고 있음을 안다.

부디 그 확신이 흔들리지 않기를. 퓨어세인트는 그렇게 생각하며 빙그레 웃었다.

그녀는 갑판을 가로질렀다. 방주의 뱃머리에 선 그녀는, 천천히 아래를 굽어보았다.

어비스에서 넘쳐흐른 빛이 이 일대를 삼켜가고 있다. 침식은 이미 시작되었다.

저 빛이 이 대지를 모조리 삼킨다면, 이곳은 더 이상 지구의 허파라는 아마존이 아니게 될 것이다. 열셋이나 되는 성역이 뒤섞인, 신화의 터전이 될 것이다.

"당신에겐 고마워해야 할지."

섬에 처박아 둔 팔로워들은 더 이상 아무것도 느껴지지 않는다. 그들조차 이미 제물로서 소모된 것이다.

퓨어세인트는 자신의 손을 내려보았다. 그들에게서 허구의 신앙을 착취하고, 역천자의 의중을 파악해 빼앗을 생각이었는데…… 그리 큰 기대는 하지 않았지만, 안일했음은 인정한다. 역천자의 술법은 퓨어세인트의 것과는 그 궤가 판이하게 달랐다.

하지만. 아무 소득이 없지는 않았다. 퓨어세인트는 허구의 신앙에 대한 미련을 버렸다.

지금 상황은 퓨어세인트에게 있어서 크게 이상적이라 할 수는 없었다. 성역 전체를 침식시킨다는 것은 그녀의 입장에서는 무식하고 번거로운 일이었으니. 그렇지만…….

"고마워."

퓨어세인트는 빙긋 웃으며 중얼거렸다. 이상적이지는 않지만 크게 나쁘지도 않아. 오히려. '감정적'으로는 기쁘다.

"생각보다 훨씬 빠르지만."

퓨어세인트는 아래를 내려보며 소곤거렸다.

그녀의 붉은 눈은, 조사단에 뒤섞여 술법 영역을 벗어나고 있는 사라를 보고 있었다.

"직접 만날 수 있게 됐어."

원래는 한참 뒤의 재회를 꿈꿨는데.

상황이 달라진 만큼, 꾸었던 꿈도 달라질 수밖에. 퓨어세인트는 뱃머리에서 훌쩍 뛰어올라 아래로 떨어졌다.

'넌 날 알아볼까?'

지금의 몸은 드레이브의 몸이다.

하지만, 퓨어세인트는 사라가 자신을 알아볼 것을 믿어 의심치 않았다. 이 세상에서 처음 보았던 순간, 퓨어세인트는 사라를 알아보았으니까.

10장
감히

[거 봐, 도망치길 잘했지?]

샤나크의 머리 위에 앉은 봉제 인형이 으스댔다.

어비스에서 치솟은 빛은, 저 뒤편에서 느릿느릿 숲을 집어삼키고 있었다.

'꼭 도망칠 필요가 있나?'

[이 바보야, 내가 도망칠 필요도 없는데 괜히 혼자 쫄아서 도망치라고 한 것 같아? 저 빛에 삼켜지면 사도고 뭐고 간에 혼돈에 삼켜져 사라지는 거야.]

샤나크의 의문에 봉제 인형은 그렇게 쏘아붙여 주었다.

저 빛.

봉제 인형은 사도인 샤나크와의 연결이 '가까워지는' 것을 느끼고 있었다. 그것이 무엇을 의미하는지. 이미 시작된 술법이 무엇을 목적으로 하고 있는지는 그녀도 이해하고 있었다.

굳이 막을 필요가 없다. 신격의 입장에서 그리 생각하는 것은 당연했다.

비록 그녀가 신격 중에서도 압도적으로 영혼과 자아, 그를 포괄하는 존재 자체를 이해하여 자유롭게 의체를 활용하고 있다 해도. 의체를 통해 얻는 자유는 심플한 유희에 지나지 않는다.

모든 신격이 그럴 것이다. 이 술법을 통해 일어나는 일은, 신격의 입장에서는 나쁠 것이 없는 일이다. 물론 그 일이 상황에 따라 마뜩잖을 수 있다는 것은 이해하고 있지만.

[바보 같은 생각 말고, 발에 땀 나게 도망이나 치란 말이야. 알겠어?]

사실 막으려 한다고 해도 막을 방법이 없었다. 저 정도 조건을 갖추고 완성된 술법이다. 이리된 이상 술법을 펼친 장본인인 역천자라 할지라도 술법을 멈추는 것은 불가능하다.

[응?]

도망치는 입장이라지만 큰 문제랄 것은 없었다. 어비스에서 치솟은 빛이 정글을 침식하는 속도는 다행스럽게도 더뎠고, 굳이 서두르지 않아도 충분히 여유를 가지고 도망칠 수 있었다.

하지만. 술법과는 관계없는 불길함이 저 위에서부터 엄습한다.

봉제 인형은 퍼뜩 고개를 들어 위를 보았다.

눈 부신 태양 아래. 퓨어세인트의 '방주'가 있다는 것은 진즉에 눈치채고 있었다.

저 속 구린 신격이 대체 왜 보고만 있는 것인지는 알 수 없었으나, 아마존에서 일어나는 일들이 퓨어세인트와 연관되어 있다는 것은 아무 근거 없는 억측일 뿐이다.

괜히 들쑤셨다가 상황이 복잡해질까 염려도 되어서 내버려두었는데. 이건 예상을 넘어도 너무 넘어섰다.

봉제 인형은 추락해 오는 드레이브를 확인하고 경악했다.

[퓨어세인트! 왜?]

드레이브의 이질적인 모습. 퓨어세인트가 직접 강신까지 감행하며 접근하고 있었다.

봉제 인형, 아니, 악몽의 결정자는 퓨어세인트의 그 갑작스러운 행동을 도저히 이해할 수가 없었다.

지금까지 흑막처럼 수면 아래서 암약하고 위선을 떨던 퓨어세인트가, 왜 갑자기 저리도 무식한 돌진을 해온단 말인가?

적의는? 느껴지지 않는다. 하지만 저 뒤에서 스멀거리는 혼돈에 비견될 정도의 진득한 불길함이 기분을 오싹하게 만든다.

앞뒤 가릴 상황이 아니다. 봉제 인형은 빠르게 주변을 둘러보았다.

[X팔, 죄다 마이웨이의 쌍것들이잖아!]

그녀답지 않게 거친 욕이 터져 나왔다. 고상하지 않다는 것은 알지만, 그럴 수밖에 없었다.

자기 사도에게 광적으로 집착하고, 어비스에서 신격들을 보는 족족 앞뒤 가리지 않고 덤벼들던 템페스트. 남들이 앞마당에서 싸우건 말건 성역에 틀어박혀 뭘 하는지 알 수 없던 아이언메이드. 지금 악몽의 결정자와 함께 있는 사도의 주인들이 그 둘이었다.

악몽의 결정자는 저들과 비교했을 때 자신은 굉장히 이성적인 인격자라고 자부할 수 있었다. 그러니 도움을 요구한다는 생각은 아예 포기했다. 괜히 자존심을 꺾어가며 도와달라고 말하는 것보다는, 저들이 알아서 나서게끔 하는 것이 낫다. 아이언메이드는 몰라도, 템페스트는 사도를 보호하기 위해서라도 반드시 나설 것이다.

"윽."

샤나크의 입에서 짧은 신음이 흘러나왔다. 처음 겪는 것은 아니었지만, 갑작스러운 강신에 샤나크의 몸이 덜컹거리며 떨렸다.

"말…… 이라도 하고…… 좀……!"

[그럴 상황이 아니야!]

"난 이거 싫단……."

샤나크의 목소리가 푹 꺼졌다. 금색으로 물든 눈동자에 얼룩처럼 탁한 기류가 소용돌이친다. 강신을 끝낸 악몽의 결정

15

자는 위를 올려보지 않았다.

이미 퓨어세인트는 앞에 내려와 있었다. 도망치던 조사단 전체가 우뚝 멈춘다.

조사단장인 체브는 크게 당황하여 앞을 막아선 퓨어세인트를 보았다. 물론, 체브는 눈앞에 있는 것이 퓨어세인트라는 것을 알지 못했다.

"……드레이브? 당신이 왜?"

머리와 눈동자의 색이 바뀌고, 전신에 괴상한 문신이 새겨져 있기는 했지만. 눈앞에 있는 것은 세계에서 가장 유명한 사도인 드레이브였다. 드레이브를 알아본 조사단이 웅성거렸다.

퓨어세인트는 그들의 말에 대답하지 않았다. 그저, 천천히 손을 들어 올렸을 뿐이었다.

그녀가 손을 옆으로 가볍게 밀어내자, 앞을 가로막고 있던 조사단 전체가 그녀가 밀어낸 방향으로 나뒹굴었다.

"어윽!"

"가, 갑자기 왜?!"

당황한 비명조차도 무시했다. 퓨어세인트는 잔잔한 미소를 지으며 들었던 손을 내려놓았다.

'잘 보이지 않게' 서 있던 이들을 모조리 옆으로 밀어내니, 이제는 잘 보였다.

"안녕."

퓨어세인트의 입술이 벌어졌다. 그녀는 사도들과 함께 서서 당황해 하는 사라를 물끄러미 보았다.

그 갑작스러운 인사에 화답은 없었다.

'드레이브?'

누군지 잊지는 않았다. 떠올릴수록 불쾌할 뿐이지만. 사라는 드레이브에 대해 조금도 좋은 인상을 가지고 있지 않았다. 독선적인 성격과 일방적으로 신앙을 강요하는 것. 그런 드레이브의 행동은, 사라가 어린 시절을 보낸 교회의 주교들을 떠올리게 만들었다.

"이건 너무 예의가 없는 것 아냐?"

악몽의 결정자가 목소리를 냈다. 그녀는 샤나크의 몸을 이끌며 퓨어세인트의 앞을 막아섰다.

퓨어세인트는 두 눈에 이채를 빛내며 악몽의 결정자를 바라보았다.

"꽤나 무리하셨네요. 그래도 괜찮은 건가요?"

"헛소리하지 마. 무리라고 할 것이 뭐가 있어?"

악몽의 결정자가 반박하자 퓨어세인트는 키득거리며 웃었다.

"악몽의 결정자. 당신의 비대한 자아는, 당신 스스로도 감당하지 못하고 있어요. 그에 대한 해결책으로 당신은 자신의 자아를 수없이 쪼개 버렸죠."

퓨어세인트가 천천히 다가온다.

아픈 곳을 찌르기는. 악몽의 결정자는 내색하지 않고서 퓨어세인트를 노려보았다.

"그것이 가능한 것은, 당신이 그 누구보다 영혼과 존재를 깊이 이해한 흑마법사였기 때문이죠. 하지만 당신의 사도는 아니잖아요? 그의 정신이 당신의 자아를 감당할 수 있을 만큼 강건한가요?"

예리한 질문이다. 면전에서 실실 쪼개대며 화합을 떠들어댔으면서. 뒤에서는 착실하게 '적'을 이해하고 있었다는 거지? 악몽의 결정자는 피식 웃으면서 손을 들어 올렸다.

슉.

그녀의 손바닥 위에 큼직한 두개골이 놓였다.

"……흥. 이 몸을 뭐로 보는 거야. 샤나크뿐만이 아니라, 이 세상 누구도 내 자아를 감당할 수는 없어. 그에 대한 방책 하나 하지 않고서 무턱대고 강신했을 것 같아?"

"물론 그러시겠죠. 하지만 방책을 안배했다는 것은, 결국 '완전히' 사용할 수 없다는 거잖아요? 당신은 참 희한한 신격이에요. 국가 단위의 생명을 학살하고, 그를 언데드로 만들어 불사자의 왕국을 건국한 흑마법의 여왕. 인간의 영혼이나 육체는 질리도록 주무른 장난감이었을 텐데, 이제 와서 장난감이 망가지는 것이 무서워진 건가요?"

"쉿."

악몽의 결정자가 입술을 오므렸다. 눈동자 안에서 소용돌이치던 기류가 중앙으로 모인다.

"잘 알지도 못하는 주제에 멋대로 떠들어대면, 아무리 인격 좋은 나라도 기분이 나빠질 수밖에 없어."

"아, 미안해요. 당신을 불쾌하게 만들 생각은 없었어요. 단지…… 이해가 잘 안 되어서."

퓨어세인트는 그렇게 말하면서 눈동자를 움직였다. 그녀는 경계 어린 눈으로 이쪽을 쳐다보는 서민식과 발렌시아, 비서, 그리고 사라를 보았다.

'완벽해.'

퓨어세인트는 만면에 미소를 지었다.

사도가 셋. 수적으로는 압도적으로 불리하다. 도움을 청한다면 하이로드가 가세해 주기는 하겠지만, 그럴 필요는 없을 것이다.

이 상황에 난입하는 것은 퓨어세인트의 판단하에 결코 무모하지 않았다.

템페스트는 서민식을 끔찍이 아낀다. 권속인 정령들을 무더기로 소모해 가며 서민식을 건드리지 말라 선포까지 했었다.

강신? 어떤 식의 강신이던 사도에게는 큰 부담을 짊어지게 만든다. 서민식을 위하는 템페스트라면, 절대로 '싸우지 않는다.' 만약에 강신하더라도 싸움보다는 도주를 택할 것이다.

아이언메이드가 자기 사도를 아끼는지, 아니면 단순한 소모품으로 생각하는지는 알 수 없다. 그러나 퓨어세인트가 이해한 아이언메이드는, 결코 이 상황에서 강신까지 해가며 싸우려 들지 않을 것이다.

그리 한다고 해서 얻을 것이 없기 때문이다. 템페스트와 함께 도주하던가, 아니면 이쪽에 '붙던가.'

물론 퓨어세인트가 판단한 것은 '지금'뿐이다. 다른 곳에 가 있는 백현이 개입하거나, 아니면……

"……우리가 싸울 필요는 없잖아요?"

퓨어세인트는 그렇게 말하며 악몽의 결정자를 향해 웃었다. 악몽의 결정자는 대답하지 않고 퓨어세인트를 노려보고 있었다.

그녀의 손바닥 위에 올라간 두개골은 아직까지 미동도 하지 않고 있었다.

"당신도, 나도. 작정하고 싸우려 든다면 반드시 사도를 죽게 만들 거예요. 나도 내 사도를 망가뜨리고 싶지는 않습니다."

"……목적이 뭐야? 왜 여기 온 거지?"

"당신과 당신의 사도에게 위해를 끼칠 생각은 없습니다. 저는 그저."

퓨어세인트가 손을 뻗었다. 그녀는 악몽의 결정자 뒤에 서서 이쪽을 노려보는 사라를 가리켰다.

"오랜 친구와의 해후를 즐기고 싶을 뿐이에요."

"뭐?"

"장소가 좋지 않다는 것은 알고 있습니다. 그러니 너무 많은 시간을 끌고 싶지는 않군요. 게다가 해후를 즐기기에도 적절하지 않아요. 그러니까, '친구'와 함께 장소를 옮기고 싶군요."

퓨어세인트는 뻗은 손을 내리며 빙긋 웃었다. 아직 대답을 듣지도 않았지만, 퓨어세인트는 천천히 앞으로 걸어나갔다.

"약속하죠. 저는 제 신격에 걸고, 그녀에게 어떤 위해도 끼치지 않을 겁니다. 마법사인 당신은 이 맹세가 얼마나 큰 효력을 가지고 있는지 알고 계시겠죠. 그러……."

악몽의 결정자가 두개골을 움켜쥐었다.

시커먼 눈두덩에서 빛이 켜진다. 두개골의 양옆에서 뿔이 튀어나왔다. 꽉 물려 있던 턱이 벌어지고, 그 안의 어둠이 길쭉한 막대가 되었다.

스태프로 바뀐 두개골의 정수리가 열리며 새하얀 촛대가 튀어나왔다. 악몽의 결정자가 스태프를 한 바퀴 돌리자, 촛대에 불이 붙었다.

"니까……."

촤르르륵!

퓨어세인트가 말을 잇는 중에 악몽의 결정자는 스태프를 앞으로 휘둘렀다. 다가오던 퓨어세인트의 걸음이 멈추었다.

그녀는 발 바로 앞에서 타오르는 시커먼 불길을 바라보았다.

"알지."

악몽의 결정자가 중얼거렸다.

"그렇게까지 말한 이상, 네가 저 계집애를 데려가도 해를 끼칠 수는 없을 거야. 하지만 그게 뭐? 미안한데, 나는 네가 뭔 소리를 하든 간에 저 계집애를 넘겨주지 않아."

"그게 이성적이지 않은 판단이라는 것은 이해하고 계신가요?"

"이성이란 주관적인 것이지. 미안한데, 나한테는 지금 '이러는 것'이 굉장히 이성적인 행동이거든. 저 계집애를 얌전히 넘겨주었다가는, 너보다 훨씬 나에게 가깝고, 미움받고 싶지 않은 녀석과의 관계가 파탄 날지도 몰라."

차라리 뺏기는 것이 낫지. 악몽의 결정자는 들으란 듯이 이죽거렸다.

"그러면 어쩔 수 없는 거니까 말이야."

"아하, 그런 뜻이군요. 입장이 있으니 적당히 다퉈서 뺏어가라는 말이죠?"

"아닌데?"

퓨어세인트가 고개를 끄덕거리며 웃자, 악몽의 결정자는 코웃음 쳤다.

"널 비꼬고 있는 거야, 이 바보야. 그렇게 데려가고 싶으면 뺏어봐. 세상에 쉬운 일은 하나도 없다는 교훈을 알려줄 테니 말이야. 아, 발 조심해. 선을 넘은 순간 너랑 나는 죽고 죽일 관계가 되는 거야."

[먼저들 도망쳐.]

악몽의 결정자는 퓨어세인트를 견제하면서도 조사단 쪽에 목소리를 전했다. 엉거주춤 일어선 그들이 비틀거리며 뒤로 물러선다.

"어쭙잖게 날 이해하고 조율하려 든 것이 마음에 안 들어. 어디서 굴러먹었는지도 모를 악신 나부랭이야. 난 신격이 되기 전부터 오만하기 짝이 없는 마왕들을 상대하면서 흑마법의 현자로 위명을 떨친 몸이라고. 설마 네가 그따위로 관여치 말라 지껄이면, 내가 쫄아서 물러설 줄 알았어?"

쏘아붙이는 말에 퓨어세인트는 입술을 비틀었다. 그야말로 일촉즉발의 상황이었다.

악몽의 결정자는 퓨어세인트를 노려보는 시선을 거두지 않으면서 마음을 가다듬었다.

얌전히 있는 꼴을 보아하니, 템페스트와 아이언메이드는 개입할 생각이 없는 듯했다. 퓨어세인트와 작정하고 싸운다면? 글쎄, 퓨어세인트의 힘은 미지수다. 흑장미여왕의 말에 따르면 퓨어세인트는 대마왕인 자신을 손쉽게 꺾을 만큼 강하다고 했다.

물론 신격 본신의 힘과 사도의 힘은 다르다지만…….

'이기는 것은 힘들겠지.'

감정에 치우쳐 나선 것은 아니다. 악몽의 결정자는 틀림없이 이성적이었다.

마룡왕과 백현이 있기 때문이다.

오히려 악몽의 결정자의 입장에서는 퓨어세인트가 비이성적이라 할 수 있었다. 아무리 힘에 자신이 있다고 해도, 이렇게 무식한 방법으로 접촉해 오다니! 이제 와서 앞뒤 가리지 않고 행동하기로 하는 것 치고는 여태까지 퓨어세인트의 태도와 모순된다. 군이 저렇게까지 할 필요가 있나? 그리고 친구라니?

악몽의 결정자는 사라의 반응을 살폈다.

"……날 두고 하는 말이지?"

사라가 먼저 입을 열었다.

그녀는 눈살을 찡그리며 드레이브, 아니, 퓨어세인트를 응시했다. 그 질문에 퓨어세인트는 환한 미소를 지었다.

"응."

그 애정 넘치는 목소리와 표정을.

사라는 도저히 이해할 수가 없었다. 그녀는 여전히 찌푸린 얼굴로 퓨어세인트를 보면서 되물었다.

"뭔 개똥 같은 소리야?"

퓨어세인트의 미소가 삐걱거렸다.

"네가 대체 뭔데, 갑자기 나를 보고 친구니 뭐니 하는 거야? 우리가 언제부터 그런 사이였다고?"

연이어 퍼붓는 말이 퓨어세인트에게서 미소를 앗아갔다. 그녀는 자세 그대로 굳어서 사라를 바라보았다.

"……그렇다는데?"

악몽의 결정자는 슬쩍 퓨어세인트를 향해 고개를 돌리며 말했다.

퓨어세인트는 미소 없는 얼굴로 사라를 응시했다. 그러다가, 풋 하고 웃었다.

"하긴. 못 알아볼 수도 있는 거지."

퓨어세인트는 작은 목소리로 중얼거리면서 발을 들었다.

"그럴 수도 있는 건데, 뭘. 사실 알아보는 것이 이상한 거야."

"넘지 말라고 했어."

"난 당신을 무시한 적이 없습니다. 흑마법의 여왕님. 신물까지 꺼내 쥔 당신을, 어디서 굴러먹었는지도 모를 악신 나부랭이인 내가 어찌 무시할 수 있겠습니까?"

퓨어세인트의 발이 선을 넘었다. 그녀는 보란 듯이 양손을 들어 올리며 웃었다.

"하지만 말이에요. 내게도 반드시……."

푸확!

퓨어세인트의 발아래에서 회색의 기류가 폭발했다. 징조도 없이 솟구친 강대한 힘이 퓨어세인트의 몸을 통째로 집어삼켰다.

악몽의 결정자가 쥔 신물, 아모스의 촛대에서 시커먼 불꽃이 일렁거렸다. 악몽의 결정자는 싸늘하게 식은 얼굴로 아모스를 빙글 돌렸다.

"기껏 경고까지 해줬으면 알아 처먹는 시늉이라도 해야지."

악몽의 결정자는 그렇게 내뱉으며 홱 고개를 돌렸다. 그녀는 아직까지 움직이지 않는 서민식과 발렌시아, 비서를 보며 쏘아붙였다.

"댁들 입장은 겸허히 이해해 주지. 나 도와줄 생각이 없으면 알아서 꺼져. 괜히 휘말려서 뒤늦게 참전하지 말고. 그렇게 되면 아군 취급 안 해줄 거니까."

퓨어세인트를 삼킨 회색 기류 안에서 일그러진 데스 마스크들이 뭉친다.

가급적이면 싸우고 싶지 않았지만. 이렇게까지 무식하게 군다면, 이쪽도 적당히 무식하게 대해줄 수밖에. 악몽의 결정자가 아모스를 앞으로 들어 올렸다.

"마침 잘됐어."

악몽의 결정자의 눈에서 시커먼 빛이 번뜩였다.

"감히 세라스의 뒤통수를 까?"

사적으로 보자면, 퓨어세인트는 악몽의 결정자의 오랜 친우인 흑장미여왕의 원수이기도 했다.

알아보지 못한 것.

의외로 절망하지는 않았다. 기대가 없었다면 당연히 거짓말이다. 실망은…… 당연히 했다.

하지만 이해도 했다. 너무 많은 것이 바뀌어 버렸다. 심지어 지금의 몸뚱이는 퓨어세인트 본인의 것도 아니고 사도의 것이다. 사라가 알아보지 못하는 것도 당연했다.

너무 서두른 것은. 괜찮다. 여태까지 고수하던 태도와 모순될 정도로 서두르고, 감정에 치우친 것처럼 행동한 것도. 이 자체만으로도 의미는 있다.

'그렇다고 해도.'

아파.

퓨어세인트는 씁쓸한 기분을 느끼며 생각했다. 마음이 아프다. 그리던 해후조차도 마음껏 할 수 없다는 것이. 사라가 알아봐 주지 못한 것보다, 그쪽이 더 마음이 아프다.

하지만 어쩔 수 없는 일이다. 그녀는 적이 너무 많았다.

화악!

휘감아오는 회색 기류를 떨치며 퓨어세인트는 걸음을 계속했다. 그녀의 몸은 눈부신 휘광에 보호되고 있었다.

악몽의 결정자는 혀를 날름거리며 아모스의 불꽃을 강렬히 태웠다.

친구의 원수. 하지만 여기서 죽이는 것은 불가능하겠지. 그릴 능력도 없고. 악몽의 결정자가 할 수 있는 것은, 퓨어세인트가 마음을 접고 물러서게끔 하는 것과……. 백현이나 마룡왕이 개입해 올 때까지 시간을 끄는 것.

피차 시간에 쫓기는 것은 마찬가지다. 역천자의 술법에 의해 저 뒤에서 혼돈이 밀려오고 있다.

아무리 퓨어세인트가 알 수 없는 힘을 다룬다고 해도, 덮쳐오는 혼돈을 맨몸으로 받아낼 수 있지는 않을 것이다.

시간은 퓨어세인트보다 악몽의 결정자를 비호하고 있다.

그렇다면. 퓨어세인트가 물러서기 전에, 할 수 있는 한 퓨어세인트의 힘을 확인해야 한다.

맹렬히 타오르는 촛불이 아모스의 촛대를 녹인다. 진회색의 촛농은 뚝뚝 흘러내려 바닥에 떨어지지만, 굳지 않았다.

신물 아모스. 해골에 촛대를 박아 넣은 모양의 스태프지만, 촛불을 태우는 것이 전부라면 신물이라 하기도 민망할 것이다.

이것은 악몽의 결정자가 이룩한 신화 자체를 녹여낸 것이다. 그녀가 언데드로 만들어 속박한 혼의 정수가 아모스로 빚어졌다.

출렁거리는 촛농 속에서 악령들이 끔찍한 비명을 질렀다. 공간이 죽음으로 가득 채워지며 악령들이 형태를 갖춘다.

공간을 꽉 채운 악령들이 퓨어세인트의 사방을 포위했다.

"이렇게까지?"

퓨어세인트가 풋 웃으며 물었다. 악몽의 결정자는 대답 없이 아모스를 움직였다.

끄아아아!

악령들이 진군했다. 퓨어세인트는 여전한 미소를 머금으며 손가락을 까딱였다.

화악! 그녀의 앞에 눈 부신 빛의 방패가 나타났다. 드레이브가 자랑하는 신물인 말브론이었다.

예전 마룡왕의 공격으로 커다란 흠이 났던 이 방패는, 지금은 상처 하나 없는 완전한 모습으로 퓨어세인트에게 진군하는 악령들을 막아섰다.

쿠르르릉!

대지의 거센 흔들림과 함께 말브론과 악령의 진군이 충돌했다. 악몽의 결정자는 눈을 가늘게 뜨고 말브론이 악령들을 가로막는 것을 보았다.

실체가 없는 악령들. 저들은 악몽의 결정자의 권능으로 실체화한 죽음 자체였다.

단순한 '방어'만으로는 막는 것이 불가능하다. 하지만, 빛에 휘감긴 말브론은 굳건히 버티고 서서 악령의 진군을 막아내고 있었다.

'아니, 막는 게 아니야.'

악몽의 결정자의 눈이 빛났다. 죽음은 흩어지지 않는다. 악령들도 소멸하지 않았다. 악몽의 결정자는 말브론이 '어떻게' 악령들을 막아내는 것인지 이해했다.

저 방패는 악령들을 통째로 '삼키고' 있었다. 그럼에도 악령들이 머금은 죽음은 퓨어세인트 본인은커녕 말브론조차도 위협하지 않는다. 보다 확실하게.

악몽의 결정자가 아모스를 흔들었다. 그녀의 자아 중 가장 쓸데없는 것이 악령의 행진에 섞였다.

화아악!

돌진시킨 자아의 일부가 말브론에 삼켜진다. 악몽의 결정자는 뒤로 한 걸음 물러서며 한 손만으로 수인을 맺었다.

끼긱!

아직까지 뚝뚝 떨어지는 촛농들이 회오리쳤다. 넓게 확장된 촛농이 대지를 집어삼킨다. 회백색의 대지가 묘비 없는 묘지가 되었다.

땅에서 일어난 언데드들이 땅바닥을 기며 퓨어세인트에게 뛰어들었다.

반짝이는 별빛이 퓨어세인트의 손에 모여들었다. 모인 별빛이 쭉 늘어나며 은하수를 만들었고, 그 빛이 응축되어 성검 아스트로가 되었다.

퓨어세인트가 검을 휘두르기도 전에, 성검을 이룬 별빛이 폭발했다.

쫘르르릉!

휘몰아친 별빛이 악령과 언데드들을 분쇄했다. 눈부신 휘광을 몸에 두르고 악령과 언데드를 물리치는 퓨어세인트의 모습은 숭고할 정도였다.

하지만 악몽의 결정자는. 퓨어세인트의 실체가 얼마나 추악한지를 엿보고 있었다.

말브론에 삼켜진 자아를 통해 본 것들. 악몽의 결정자는 질색이라는 표정을 지으며 홱 뒤로 물러섰다.

그녀는 엉거주춤 굳은 사라를 끌어안으면서 내뱉었다.

"이 추악한 년!"

악몽의 결정자는 흑마법의 여왕이다. 퓨어세인트의 말대로, 수많은 언데드를 이끌며 그녀의 세상에서 최초로 흑마법의 왕국을 건설한 적도 있었다.

하지만 지금의 퓨어세인트가 있게끔 한, 그녀의 발아래에 높이 쌓여 신격까지 도달케 한 '죽음'은 악몽의 결정자가 느끼기에도 끔찍하고 추악했다.

"친구? 친구라고? 말 같잖은 소리 하지 마, 너 따위에게 친구라 불릴 만한 존재가 있을 리가 없잖아!"

그 추악함은 진심으로 경멸마저 느끼게 할 정도다. 악몽의 결정자의 외침에 퓨어세인트가 고개를 갸웃거린다.

"갑자기 무슨?"

대답할 가치가 없는 질문이다. 분쇄되었던 언데드들이 다시 일어선다. 그들은 박살 난 몸을 서로의 시체로 기워 붙였다.

퓨어세인트는 자신을 향해 올곧은 경멸에 고개를 갸웃거렸다. 그러다가, 퓨어세인트는 눈을 얇게 뜨며 싸늘한 목소리로 물었다.

"당신. 내게 뭘 한 거죠?"

퓨어세인트는 악몽의 결정자가 자신의 본질을 엿본 것을 눈치채지 못했다. 다만, 직감적으로 악몽의 결정자가 '무언가'를 알았음은 깨달았다.

그녀는 덤벼드는 언데드들을 아스트로의 별빛으로 분쇄하며 성큼성큼 악몽의 결정자에게 나아갔다.

"언데드가 재주의 전부인 줄 아는……."

그 무모한 전진에 악몽의 결정자가 코웃음을 친다. 그 순간이었다. 아직까지 물러서지 않았던 서민식이 대뜸 앞으로 뛰어나왔다.

[안 돼!]

[히지 말리고 했잖이!]

템페스트가 지르는 고함은 무시했다. 서민식의 몸은 땀에 흠뻑 젖어 있었다.

템페스트가 강제하려던 몸뚱이를 기어코 버텨내고 간신히 자의로 움직이게 되었다. 덕분에 온몸이 근육통에 걸린 듯 뻐근

했지만, 도저히 템페스트가 하자는 대로 도망칠 수는 없었다.

다른 사람도 아니고, 사라다. 어쩌면 백현의 여자 친구일지도 모르는 사라. 그걸 떠나서도 지금 같은 상황에서 물러서는 것은 서민식의 성격이 아니다.

"도와주지 않을 거면 닥쳐……!"

서민식은 꽉 눌린 목소리로 내뱉으며 마력을 끌어냈다.

템페스트가 도와주지 않는다고 해도 상관없다. 템페스트에게 '받은' 것이 아닌, 서민식 본인의 마력이 마법을 일으켰다.

쫘과광!

서민식이 터뜨린 폭발이 말브론의 표면에 폭발을 일으켰다. 퓨어세인트는 화들짝 놀라 서민식을 돌아보았다.

"이건 의외군요."

"꺼져!"

서민식은 사나운 표정으로 고함을 지르면서 수인을 맺었다.

마법? 퓨어세인트가 더욱 놀란 표정을 짓는다. 하찮은 수준의 마법이었지만, 인간이 진짜 '마법'을 펼친다는 것은 놀라기 충분한 일이었다.

"안 도망쳐요?"

비서가 발렌시아를 빤히 보면서 물었다. 눈살을 찡그리고 있던 발렌시아는 한숨을 푹 내쉬었다. 그녀는 뒤를 힐긋 돌아보았다.

느리게 전진해 오는 혼돈. 아직 이곳을 침식하기까지는 조금 시간이 남아 있다. 그 시간이라면 도망치기는 충분했다.

"……지금 도망치면 나만 개새끼가 될걸?"

"그럼 진작 도와주러 나서지 그랬어요?"

"그러려고 했지. 아이언메이드가 지랄만 하지 않았으면 말이야."

이런 적은 처음이다. 여태까지 아이언메이드가 '직접' 나서가며 힘을 묶은 적은 한 번도 없었는데.

'뭘 하든 관심이 없던 것 아니었나?'

발렌시아는 그렇게 생각하며 손을 내려 보았다.

'전투'를 떠올린 순간 사도로서의 권능이 사라졌었다. 아이언메이드는 퓨어세인트와 싸우는 것을 철저하게 거부했다.

하지만 지금은? 권능이 되돌아왔다. 템페스트의 사도. 서민식이 싸우러 나선 순간에 딱 맞게.

'왜?'

바보가 아닌 이상, 아이언메이드가 서민식을 보호하기를 바란다는 것은 깨우칠 수 있었다. 발렌시아로서는 아이언메이드가 왜 그러는 것인지를 이해할 수가 없었다.

"위험하니까, 너는 물러서. 아무래도 아이언메이드 이 양반은 강신까지 해줄 생각은 없어 보이니까."

"아군으로 취급하지 않겠다고 말했잖아!"

"그러면 싸잡아 죽이시던가!"

악몽의 결정자가 쏘아붙이는 말에 화답하면서, 발렌시아가 권능을 일으켰다.

은광이 그녀의 손을 뒤덮었다. 발렌시아는 몇 걸음 물러서며 양손으로 은광을 잡아 늘였다.

콰과과광!

연사된 탄환이 아스트로가 일으킨 별빛을 흩뜨렸다.

퓨어세인트는 홱 고개를 돌렸다. 거대한 머신건을 쥔 발렌시아가 표정을 찌푸리며 퓨어세인트를 보고 있었다.

그 모습에 퓨어세인트는 헛웃음을 터뜨렸다.

"아이언메이드까지. 당신들은 이성적이라고 생각했는데."

"사도가 셋이야. 한 분은 이 비루한 곳에 몸소 강신까지 해 주셨고. 이런 상황에서 고집부리는 당신이 이성을 운운하는 것도 웃긴데?"

"그만큼 간절하기 때문이겠죠?"

퓨어세인트는 키득거리면서 사라를 쳐다보았다. 굳이 할 필요가 없는 말. 마치 들으란 듯이 하는…… 실제로 그랬다. 저들이 어찌 생각하는지는 상관없다.

방주는 사라졌지만, 하이로드의 눈은 남아 이곳을 보고 있다.

"변하는 것은 없습니다."

퓨어세인트는 그렇게 말하면서 아스트로의 별빛을 크게 부풀렸다. 눈부신 휘광이 그 빛을 더욱 강렬히 하며 퓨어세인트를 집어삼켰다. 그녀의 등 뒤에서 하나둘, 빛으로 이루어진 날개가 나타났다.

"당신들 전원이 강신한다고 해도, 날 막을 수는 없습니다. 당신들과 난 간절함이 달라요."

이 말은 거짓이 아니었다. 퓨어세인트는 간절했다.

사라와 만나고 싶었다. 드디어 만났다. 모든 방해자를 배제하고 사라와 해후를 나누고 싶다. 넌 나를 알아보지 못했지만, 나는 너를 알아보았다.

네가 알아보지 못했다고 한들 우리가 함께한 추억마저 사라지지는 않았겠지. 어쩌면 넌 날 원망하고 있을지도 모른다. 모든 것을 알고 나를 증오할지도 모른다.

상관없다. 그 모든 것은 퓨어세인트를 절망시키지 않는다. 과정보다 중요한 것은 결과다. 결국 마지막에 남는 것은 결과다. 아무리 추악하고 경멸받을 짓을 했다고 한들, 최후의 결과에서는 비난받아 마땅할 모든 과정은 소멸할 것이다.

그렇게 된다면.

'너도 날 이해할 거야.'

모든 것들을. 서로를 안다. 퓨어세인트는 사라의 소망이 무엇이었는지 잘 알고 있었다. 서로 바라는 것이 똑같았다. 그러니 이해는 당연한 것이다.

'그래.'

이쪽을 보는 사라의 얼굴은, 도저히 이해할 수 없다는 감정을 가득 담고 있었다.

'지금'은 저런 얼굴을 하는 것이 당연했다. 그러니 괜찮다. 비록 '지금' 너와 해후를 나눌 수 없다 하더라도. 이 모든 행동은, 너와 이어진다. 가장 확실한 순간에. 그 어떤 변수도 일어나지 않고, 확실하게 '결과'로 이어질 순간에.

'우리는 다시 만나게 될 거야.'

엄습해 오는 죽음을 반기고, 그를 내색하지 않고. 퓨어세인트는 고고히 손을 들어 올렸다.

그에 응하듯 아스트로와 말브론이 빛을 뿜는다.

"자, 물러서 주시⋯⋯."

쫘르르르릉!

죽음이 내리꽂혔다. 바닥에 쏟아져 범람한 붉은빛이 퓨어세인트의 빛을 집어삼켰다.

연기할 것도 없었다. 충격은 그만큼 강렬했다. 퓨어세인트는 이빨을 꽉 씹으며 허리를 굽혔다.

갑작스러운 폭격이었다. 악몽의 결정자는 흠칫 놀라 위를 올려보았다. 하늘의 일부가 붉게 젖어 있었다.

마룡왕이다.

그녀는 고고히 서서 지상을 굽어보고 있었다. 이글거리는 용마력 속에서 퓨어세인트가 휘청거리며 몸을 일으킨다.

그녀는 짧은 웃음을 터뜨리며 고개를 들었다.

"……이건 너무하잖아요. 아무리 나라도……."

이번에도 퓨어세인트의 말은 끝까지 이어지지 못했다.

짜직!

퓨어세인트의 몸이 크게 꺾였다. 무조건적으로 퓨어세인트를 보호해야 할 말브론은, 이 쾌속의 공격을 뒤쫓지 못했다.

'이것도 의외야.'

성가실 정도로 강해졌구나. 퓨어세인트는 헉하고 치미는 호흡을 삼키며 자세를 바로잡았다.

그러기도 전이었다. 바닥을 낮게 훑으며 찬 발길질이 퓨어세인트의 다리를 박살 냈다.

다리 하나가 날아갔으니 두 다리로 서는 것은 불가능했다. 휘청거리며 넘어지는 몸이 붙들린다.

"아."

오싹거리는 고통을 모조리 끊었다. 그녀야 고통에 익숙했지만, 이 몸뚱이는 아니다.

아픔에 일그러지고, 울려고 한다. 그런 추태를 보이는 것은 사양이었다.

"오랜만이네요. 기억하시나요?"

짜드득!

붙들린 팔이 통째로 뜯겨 나간다. 하지만 퓨어세인트는 아품을 느끼지도, 비명을 지르지도 않았다.

그녀는 끈적한 피를 흩뿌리며, 마치 춤을 추는 것처럼 팔이 뜯긴 방향대로 빙글 돌았다.

"당신을 처음 만났을 때. 언젠가 다시 만나기를 기대했었죠. 그게 벌써 몇 년 전이군요, 설마 이런 곳에서 이렇게 다시 만날 줄은 몰랐어요."

뿌억!

내리찍는 발길질이 하나밖에 남지 않은 다리를 터뜨렸다. 추하게 저항할 생각은 없었다.

사도 셋, 해볼 법 한다는 것은 거짓이 아니었으나…… 마룡왕이 더해진다면 상황은 필패다. 거기에 하나 더.

"백현."

성가실 정도로 성장해 버린 그 인간까지 개입한 이상. 저항은 발악일 뿐이고, 무의미했다.

"이것으로 우리는 확실히 적이 된 거겠죠?"

퓨어세인트는 피바다 속에 누워 백현을 올려보았다. 백현은 처음 만났을 때와 다름없는 미소를 짓고 있는 퓨어세인트를 내려 보았다.

"뭐, 그렇지."

백현은 고개를 끄덕거리며 발을 들어 올렸다.

터억.

그의 발이 퓨어세인트의 가슴을 짓눌렀다.

"너무 짓궂게 굴지는 말아주세요. 이게 제 본신이 아니라는 것은 당신도 알잖아요?"

"방금 전에도 그것 때문에 좀 × 같았어."

백현은 역천자의 사도를 죽였던 것을 떠올리며 눈을 찡그렸다.

그 말에 퓨어세인트는 키득거리며 웃었다.

"아, 그건 이해해요. 그래도………… 그 분풀이를 제게 하지는 말아주세요. 어차피 머지않아 우리는 다시 보게 될 거예요."

시간도 없고. 퓨어세인트는 그렇게 중얼거리며 편하게 누웠다.

"당신이 원한다면 말이에요."

그 말에 백현은 피식 웃었다. 그래, 원한다면 언제고 '진짜' 퓨어세인트와 만날 수 있다. 찾아간다면, 그녀는 거절 없이 성역의 문을 열어줄 것이다.

그렇다고 찾아가는 건 자살행위다.

"사도가 불쌍하지는 않나 보지?"

이죽거리는 물음에 퓨어세인트는 환히 웃었다.

"그는 제 천국에서 눈을 뜰 겁니다."

들을 필요도 없는 말이었다.

뻐엉!

백현의 발길질이 드레이브의 머리를 걷어차 버렸다.

11장
날개

머리를 잃은 드레이브의 시체가 파들거리며 경련하다가 축 늘어졌다. 백현은 잠시 그것을 보다가 고개를 들었다.

방주의 모습은 보이지 않았다. 퓨어세인트가 이곳에 난입한 순간부터 방주는 이곳에서 벗어났다.

'처음부터 물러날 생각이 없었던 거야.'

굳이 퇴로까지 차단했다. 그렇게까지 한 이유를 모르겠다. 여태까지 퓨어세인트가 보여준 태도와는 너무 다르잖아.

애당초 백현은 퓨어세인트가 '왜' 여기 난입했는지도 알지 못하고 있었다. 그와 함께 있는 악몽의 결정자의 의체는, 그녀가 직접 강신하면서 본신과의 연결이 끊어져서 평범한 인형이 되어버렸다.

그렇기에 이쪽의 사정은 전해 듣지 못했다. 갑작스레 의체가 평범한 봉제 인형이 되어버린 것과 이쪽에서 날뛰는 불온한 힘을 감지하고 찾아온 것뿐이다.

"쟤는 왜 같이 온 거야?"

악몽의 결정자가 하늘을 가리키며 물었다. 마룡왕은 아직도 하늘에 서서 이쪽을 내려 보고 있었다.

"오는 길에 만났어요."

거짓말이 아니었다. 이쪽을 향해 날아오는 도중 마룡왕과 조우했고, 서로가 이쪽에 볼일이 있어서 함께 온 것뿐이다.

마룡왕이 천천히 내려온다. 그녀가 땅에 서자, 모두가 긴장한 얼굴로 마룡왕을 쳐다보았다.

백현도 조금은 긴장할 수밖에 없었다. 마룡왕은 용성군을 죽였지만, 용옥은 취하지 않았다. 그건 마룡왕다운 행동이기는 했지만, 이후부터는 마룡왕이 어떤 행동을 할지 도저히 예상이 되지 않았다.

"뭘 그리 보시오?"

마룡왕은 주변을 쓱 둘러보며 물었다. 돌던 시선이 백현에게서 잠시 멈춘다.

마룡왕은 백현을 향해 빙긋 웃으며 말했다.

"아직 시간이 있기는 하지만, 침식이 가까워지고 있소. 본녀는 이미 겪어본 적이 있기에, 가급적이면 서두르고 싶은데. 그대들은 계속 여기 있을 셈이오?"

의외로 이성적인 말이라, 악몽의 결정자는 얼떨떨한 기분을 느꼈다. 다짜고짜 싸움을 걸지는 않을까 생각했는데.

하긴, 지금 마룡왕이 그럴 이유는 없을 것이다.

악몽의 결정자는 마룡왕의 눈치를 보며 강신을 거두었다.

"우웩!"

강신이 끝나자마자, 샤나크는 그 자리에서 몸을 숙이고 토악질을 해댔다. 먹은 것을 깔끔하게 게워내고 난 후에야 그는 머리를 감싸 쥐었다.

"이래서 싫다니까……!"

자신의 것이 아닌 사념이 머릿속을 떠돈다. 축 처져 있던 봉제 인형이 파르르 몸을 떨며 고개를 들었다.

[어쩔 수 없었던 거야. 누군가는 해야 했다고.]

"그게 왜 하필 나였던 거야?"

샤나크는 투덜거리면서 몸을 띄웠다.

백현은 사라에게 다가갔다. 사라는 마룡왕을 경계하면서도, 아까 퓨어세인트가 한 말을 곰곰이 생각하고 있었다.

"괜찮아?"

"보면 알잖아. 난 싸우지도 않았어."

사라는 그렇게 대답하면서 고개를 휘휘 저었다. 생각할 것 없는 헛소리일 뿐이다.

호른에서도 그랬다. 신을 운운해 대는 헛소리. 그래, 생각할 것 없는 헛소리일 뿐이다. 그렇게 치부하였고, 더 생각하지 않았다.

대체 무슨 일이었는가에 대한 이야기는 이동하면서도 할 수 있었기에, 일단 자리를 뜨기로 했다. 침식은 아직도 계속되고 있었다.

'친구?'

결계 바깥으로 이동하며, 백현은 봉제 인형의 말에 귀를 기울였다. 갑작스러운 퓨어세인트의 난입과 그녀가 떠든 말들. '친구'라는 이야기를 들은 순간, 백현은 자신도 모르게 사라를 돌아보았다.

사라는 백현의 바로 곁에서 이동하고 있었다.

[응. 전혀 알 수 없는 말이었지만. 그리고 굉장히, 굉장히 이상하지. 퓨어세인트답지 않아.]

'너무 대놓고 벌였어요.'

[응. 여태까지 암약해 온 주제에, 이번에는 본의를 숨기지 않고 확실하게 드러냈어. 친구 운운하는 말이 단순한 핑계였는지, 아니면 진짜였는지는 모르겠지만.]

악몽의 결정자는 사라의 과거를 모른다. 하지만 백현은 알고 있었다. 퓨어세인트는 사라가 살았던 세계를 멸망시킨 악신. 거기에 친구.

사라와의 관계. 사라는 교회에 거두어진 성녀 후보였다. 사교의 마녀인 퓨어세인트가 사라를 기억하는 것은 크게 이상한 일은 아니다.

사라 정도의 용모라면 기억할 법도 하지. 하지만, 그 관계는 숭배받는 마녀와 원치 않은 성녀 후보일 뿐. 결코 '친구'라 할 만한 관계는 아니다.

사라를 기억하고, 집착하고, 친구라 부를 만한 존재. 죽어 가는 사라를 돌보았던 존재. 갑자기 사라의 인생에서 사라졌던. 사라에게 있어서 어머니이자 언니, 친구였던……

'……페레하가 퓨어세인트인가?'

성녀 후보였던 페레하가 정말 성녀가 되어, 퓨어세인트가 되었다? 지금으로서 생각할 수 있는 것은 그것뿐이다.

[퓨어세인트는 미친년이야.]

봉제 인형은 몸서리치며 중얼거렸다.

그녀는 말브론에게 삼켜졌던 자아가 본 광경들을 떠올렸다. 그 직후 자아는 소멸시켰지만, 그때 본 참혹함은 아직까지도 봉제 인형에게 끔찍한 기분을 느끼게 만들었다.

'대체 뭘 본 거예요?'

백현은 의문스러운 표정으로 물었다. 악몽의 결정자가 이런 식으로 혐오감을 드러내는 것은 처음 본다.

봉제 인형은 잠시 호흡을 고르고서 대답했다.

[나무.]

'……나무? 저런 거?'

물론 아니겠지 싶었지만, 백현은 주변 가득한 나무들을 눈으로 가리키며 물었다.

봉제 인형으로서는 도저히 못 들어줄 말이었다.

그녀는 솜방망이 주먹으로 백현의 머리를 내려치면서 내뱉었다.

[헛소리하지 마. 그럴 기분 아니란 말이야.]

'대뜸 나무라고 말하면 내가 뭐라고 알아듣겠어요? 내가 아는 나무는 저런 것뿐이란 말이야.'

[이래서 비마법사랑은 대화가 안 돼. 괜히 머글이라 불러대며 무시하는 게 아니라니까.]

봉제 인형은 눈살을 찡그리며 투덜거렸다.

[단순한 나무가 아니었어. 그건……. 망령수(亡靈樹)야.]

언급만으로도 혐오가 커진다. 봉제 인형은 부르르 몸을 떨었다.

[나도 실제로 보는 것은 처음이야. 아니, '실제로' 만들 수 있는지도 몰랐다고 해야겠지.]

'망령수가 대체 뭔데요?'

[쉽게 말하자면 연금술사가 추구하는 비원인 현자의 돌의 흑마법사 버전이라고나 할까. 흑마법사에게 있어서는 실존하지 않는 꿈과 같은 '마법'이지.]

'악몽의 결정자 님도 그랬어요?'

[나? 나는, 흠. 말했잖아, 망령수가 실제로 존재할 것이라고 생각도 하지 않았어. 그냥, 옛것이 무조건 좋다고 믿어대는 늙은 흑마법 꼰대들이 제 알량한 지식을 뽐내기 위해 지껄이는 망상인 줄 알았지.]

봉제 인형이 내뱉었다.

[난 있을지도 모르는 망령수 따위를 완성하는 것 말고도 하고 싶은 것이 많았거든. 그딴 것을 만들 필요 없이 신격이 되기도 했지만 말이야. 아니, 사실 나는 망령수라는 것이 마음에 안 들었어. 내 주변에서 망령수 운운하는 흑마법사들은 죄다 엿을 먹여주었고, 나한테 망령수를 만들어야 한다고 지껄이던 꼰대들은 죄다 죽여 언데드로 만들어주었지.]

그만큼이나 봉제 인형은 망령수를 혐오했다.

그녀는 말브론으로 들어가 보았던 광경을 다시 떠올렸다. 죽어버린 세계. 그 한복판에 솟아난 앙상하게 마른 나무. 아니, 그걸 나무라고 해야 할까. 그건 거대한 '뼈'처럼 보였다. 앙상하게 마른 나무줄기 전체가 새하얀 뼈였다.

[망령수는 거대한 저주야.]

망령수를 만든다는 것은, 세계 하나를 죽인다는 것을 의미한다.

인간뿐만이 아니다. 그 세계에서 살아가는 모든 것. 동식물을 넘어, 세계 전체를 죽여야 한다. 망령수는 그렇게 만들어진다.

죽어버린 세계는 망령수가 자라는 토지가 되고, 그 세계에서 죽은 혼들은 그 무엇도 성불하지 못하고 망령수에 묶인다.

[상상할 수 있겠어? 수백 수천 정도가 아니야. 만? 우습지. 죽은 건 인간뿐만이 아니야. 세계 하나를 구성하는 모든 것이 죽어 혼만 남아 망령수에 묶여 있는 거야.]

퓨어세인트의 힘은 그 망령수에 기인해 있다. 셀 수 없이 많은 혼을 망령수에 저당잡고서 끝없는 힘을 손에 넣은 것이다.

그 힘은 이미 신격의 규격을 벗어나 있다. 세계 하나를 죽이는 것이라면 대신격에게도 가능한 일일 터이나, 단순히 죽이는 것이 아니라 망령수로 묶어놓는 것은 '처음'부터 그를 의도했다는 것이다.

[그건 말이야. 모든 걸 버리는 거야. 망령수를 만들기 위해서는 자신을 숭배하는 신자조차도 모조리 양분으로 삼아야 해. 그래서 더더욱 친구라고 떠드는 말을 믿을 수가 없어. 세계 전체를 바쳤는데, 친구라고 부를 존재가 남아 있을 리가 없잖아.]

만약 사라가 도원경으로 가지 않았더라면, 사라 또한 망령수의 일부가 되었을 것이다.

세계 하나를 죽여 버린 저주를 힘의 근원으로 삼은 것이 퓨어세인트다. 그러니 강력할 수밖에 없다. 아무리 흑장미여왕이 대마왕이라고 해도, 퓨어세인트의 불길한 힘은 흑장미여왕

'정도'로는 감당할 수가 없다.

백현은 뒤를 돌아보았다.

결계 영역 바깥으로 벗어났다. 계속해서 이뤄지고 있는 침식은 저 너머의 풍경을 완전히 바꾸고 있었다. 역천자가 말한 대로였다.

그의 노림수는 성공했다.

성역의 풍경들이 아마존에 뒤섞이고 있었다.

"……아."

천천히 눈을 뜬다.

죽었다고 생각했다. 그렇다면 이곳은 천국인가?

드레이브는 당연히 그렇게 생각했다. 자신이 죽어서 갈 곳은 천국뿐이다. 신앙에 몸 바쳐 순교(殉敎)한 자신이 지옥에 갈 리가 없었다.

드레이브는 코끝을 감도는 향기에 벌떡 몸을 일으켰다. 은은한 꽃의 향기. 드레이브는 이 장소를 알고 있었다.

그는 급히 고개를 돌려 주변을 보았다. 몇 번이나 보았던 장소. 그가 가장 사랑하는, 퓨어세인트의 천국.

"일어났습니까?"

목소리가 들린 방향을 돌아본다. 그가 숭배하는 신이 잔잔한 미소를 지으며 드레이브를 쳐다보고 있었다.

드레이브는 잠시 멍한 기분을 느끼며 퓨어세인트를 바라보았다.

죽어 천국에 왔다. 그렇다면 신을 만나는 것은 당연한 일. 하지만……. 뭔가, 다른 위화감이 느껴진다.

드레이브는 자신의 몸을 내려 보았다.

지금의 그는 아무것도 입지 않은 알몸이었다. 육체가 죽어 혼만 남아 천국에 온 것이니, 이승에서의 의복이 남지 않은 것은 당연한 일이다. 거기서 위화감은 느끼지 않는다.

드레이브는 천천히 고개를 돌렸다. 그는 자신의 등 뒤에서 돋아난, 자그마한 날개를 느꼈다. 드레이브는 멍한 기분으로 몸을 일으켰다. 잘못 느낀 것이 아니었다.

화아악!

커다란 날개가 펼쳐졌다. 드레이브는 자신의 몸을 감싸는 날개를 느끼며 희열에 몸을 떨었다.

"아……. 아아! 아!"

평생의 신앙이 보답받은 기분이었다. 몸을 가득 채우는 희열에 심장이 격렬히 뛴다.

심장……. 심장?

희열이 뚝 멈춘다. 드레이브는 자신의 왼쪽 가슴을 더듬어

보았다. 두근거리는 격동이 분명히 전해져 온다.

죽어 천국에 와서, 인간이 아닌 천사가 되었다고 생각했다. 그런데 심장이 뛰다니?

"저, 저는 죽은 것 아니었습니까?"

드레이브는 더듬거리며 물었다.

갑작스러운 강신이 이루어졌을 때의 기억은 없다. 왜 퓨어세인트가 갑자기 강신을 한 것인지도 모른다.

그 이유 따위 드레이브에게 있어서 중요한 것은 아니었다. 신을 위한 도구로서 쓰임당하고, 죽은 것이다. 그만한 영광이 어디에 있을까? 드레이브는 신을 의심하지 않는다. 그에게 있어서 신의 뜻은 의심해서는 안 될 절대적인 것이었다.

아마존에 도착하고서, 방주에 머물러 아래를 굽어보기만 한 것도. 저 아래에서 벌어지는 불신자들의 난동을 방치한 것도. 신이 그것을 바랐기에, 의심하지 않았다.

자신의 죽음도 마찬가지였다. 강신 순간의 기억은 없었지만, '죽음'은 느꼈다. 그 순간에 드레이브는 원망보다는 감사를 느꼈다. 신의 도구로 쓰이다 죽는 것이다. 사도에게 있어서 이만한 영광이 어디 있겠는가?

"분명, 당신은 죽었습니다."

퓨어세인트는 천천히 말했다.

"하지만 드레이브. 당신은 지금 틀림없이 살아 있습니다. 죄

송합니다. 당신에게 편안한 안식을 주고 싶었으나, 부족한 저는 아직 당신의 도움이 필요합니다."

"아아!"

불친절한 설명이었지만 드레이브가 이해하기에는 충분했다. 그는 자리에 무릎을 꿇고서 퓨어세인트에게 고개를 숙였다.

펼쳤던 날개가 천천히 내려앉아 드레이브의 몸을 감쌌다.

"그리 말하지 마십시오. 신이시여, 당신이 필요로 하신다는 것은 제게 있어서 그 무엇보다 큰 영광입니다. 당신의 뜻에 함께할 수 있다면 저 스스로 안식을 거부하겠습니다. 부디 저를 도구로 사용해 주십시오."

드레이브는 기쁜 목소리로 외쳤다. 퓨어세인트는 잔잔한 미소를 지으며 드레이브에게 다가갔다.

그녀는 천천히 손을 뻗어 드레이브의 어깨에 내려놓았다. 신과 이어져 있음에 드레이브의 몸이 격정적으로 떨렸다.

"일어서십시오."

퓨어세인트가 소곤거렸다.

"일어서서, 뒤를 보십시오."

드레이브는 머뭇거리지 않고 곧바로 일어섰다. 그리고 고개를 돌려 뒤를 보았다. 그의 눈이 휘둥그레 떠졌다.

"무엇이 보이고 있습니까?"

"……불신자들의 영지가 보입니다."

드레이브는 동요를 진정시키며 대답했다. 퓨어세인트의 천국, 그 너머에서 다른 군주들의 영지가 보인다.

드레이브는 꿀꺽 침을 삼켰다. 이것을 도대체 어떻게 받아들여야 할까?

"당신이 보는 것은 잘못되지 않았습니다. 어비스, 외차원에 존재했던 우리는 이제야 세상에 나오게 되었습니다. 온갖 불행과 고통으로 병들어가던 세상에, 드디어 제가 강림하게 되었습니다."

그것은 드레이브가 꿈꾸던 것이었다.

신을 믿지 않는 세상.

스스로를 신이라 떠드는 이 중에서 진정으로 고결하고 인간을 위하는 신인 퓨어세인트가, 어비스가 아닌 세상에 나타나 모든 불신자에게 자신을 알리는 것.

그리된다면 세상 가득한 불신자들은 진정 신으로 불려야 마땅한 것은 오직 퓨어세인트뿐이라는 것을 알게 될 것이다. 퓨어세인트만 강림했다면, 드레이브는 기쁨의 노래를 불렀을 것이다.

하지만 지금은 그럴 수가 없었다. 이 세상에 강림한 것은 퓨어세인트뿐만이 아니다. 외차원에 있는 모든 성역이 이 세상에 강림해 버렸다.

"드레이브."

퓨어세인트가 소곤거렸다.

"불신자들의 영지가 나타난 이상, 어비스에게 고통받는 사람들은 옳지 않은 신을 섬기게 될지도 모릅니다."

"그 무지함을 계몽시키겠나이다."

드레이브는 힘 있는 목소리로 즉답했다.

"신이시여, 제게 부탁하지 마십시오. 부디 제게 명령해 주십시오. 당신이 바라신다면, 저는 그 어떤 불신자가 상대일지라도 이 한 몸 바쳐 신앙을 알리겠나이다."

그 말에 퓨어세인트는 빙긋 웃었다.

도구란 얼마나 뛰어난가보다, 얼마나 잘 다루느냐가 중요한 법이다.

"세상으로 나가십시오."

퓨어세인트는 천천히 드레이브의 등을 떠밀었다.

드레이브는 날개를 다시 펼치며 성큼성큼 앞으로 걸어나갔다.

"그 아름다운 날개를 활짝 펼쳐, 세상을 나십시오. 당신을 우러러보는 이들에게 참된 신이 이 세상에 왔노라 알리십시오."

"예."

화아악!

드레이브는 날개를 퍼덕거리며 하늘로 날아올랐다. 순식간에 하늘 높이 날아오른 드레이브는, 신을 '내려다본다'는 죄악감을 느끼면서도 아래를 힐긋 보았다.

나부끼는 꽃잎 속에서 이쪽을 바라보는 신의 모습이 보였다. 그 모습은 영혼을 뒤흔들 정도로 아름답고 숭고했다.

드레이브는 잠시 전율하다가 신을 향해 꾸벅 고개를 숙였다. 그리고 순식간에 천국 바깥으로 날아갔다.

"누가 쫓아가 줄까."

퓨어세인트는 그렇게 중얼거리면서 천천히 손을 휘저었다. 나부끼던 꽃잎들이 모조리 멈추었다. 멈춘 꽃잎들은 새로운 꽃이 되어 땅에 내려와서 뿌리를 내렸다.

이제 다음.

퓨어세인트는 고개를 돌렸다. 드레이브가 날아간 곳과 반대 방향. 천천히 날아오는 방주의 뱃머리에서, 안절부절못하는 해리의 모습이 보였다.

도망칠 기회는 얼마든지 있었다.

퓨어세인트가 나선 순간 방주는 결계의 한참 바깥으로 이동했고, 그건 도망치는 것에 적기였다.

굳이 눈으로 볼 필요도 없었다. 하이로드의 권능을 통해 공간에 '눈'을 심어두었고, 덕분에 드레이브가 죽는 것은 보았다.

그 이후로도 도망칠 수 있는 순간은 얼마든지 있었다. 방주에 타고 있는 헤븐스도어의 길드원들은 하이로드의 사도인 해리를 가로막을 수준이 아니었고, 그럴 생각도 없어 보였다.

그런데도 하이로드는 '반드시' 남아야 한다고 고집을 부렸다. 어지간해서는 하이로드의 말을 들어 온 해리였지만, 그것만큼은 도저히 들어주고 싶지 않았다.

드레이브에게 강신한 퓨어세인트를 만나는 것도 아니다. 퓨어세인트의 성역인 천국에 들어와, '진짜' 퓨어세인트와 만나는 것이다.

타신격의 성역으로 들어간다는 것은 신격에게 있어서도 자살행위와 똑같다. 아무리 서로 간의 격차가 크더라도, 하위 신격의 성역 안에서 싸운다면 대신격도 하위 신격에게 된통 당하기 일쑤다.

하물며 퓨어세인트는 그 전력을 알 수 없는 신격. 그런 신격의 성역으로 들어와 버리다니! 아무리 사도의 목숨이 신격과 상관이 없다지만, 이건 해도 해도 너무한 처사 아닌가.

"두려워할 필요 없어요."

퓨어세인트는 꽃밭 위에서 멈춰 선 방주를 보며 말했다.

해리는 꿀꺽 침을 삼키며 퓨어세인트를 내려보다가, 화들짝 놀라 재빨리 땅으로 뛰어내렸다.

퓨어세인트와 한참 거리가 있는 꽃밭 끄트머리에 떨어진 해리는, 후다닥 퓨어세인트의 앞으로 달려가 무릎을 꿇었다.

"무, 무례를 용서해 주세요."

감히 신격을 내려다보다니!

해리는 몸을 떨면서 고개를 조아렸다. 자존심이고 뭐고 지금은 하등 중요하지 않았다. 이곳은 퓨어세인트의 성역. 하이로드가 해리를 돌볼 수 없는 곳이다. 이곳에서라면 퓨어세인트는 벌레 잡는 것보다 쉽게 해리를 죽일 수 있다.

"당신이 내게 고개를 숙일 이유는 없습니다. 당신은 제 신자가 아니니까요."

퓨어세인트는 나긋한 목소리로 말했다. 그리 말은 한다지만 어찌 고개를 들 수 있을까?

해리는 꿀꺽 침을 삼키며 숙인 머리를 들지 않았다. 그런 해리를 보면서 퓨어세인트는 피식 웃었다.

"하이로드의 목소리는 들리고 있나요?"

"아…… 저…… 아뇨……."

"당신과 대화를 나누는 것도 제법 즐거울 것 같지만, 당신은 괴로울 것 같군요."

네, 부디. 해리는 대답 대신에 간절한 눈으로 퓨어세인트를 바라보았다.

퓨어세인트가 손을 들어 올리자 성역의 '법칙'이 바뀌었다. 그러자 기다렸다는 듯이 하이로드의 의식이 해리의 의식을 뒤덮는다. 평소라면 질색할 일이지만, 지금 상황에서는 기쁘기

이를 데 없는 일이었다.

"당신답지 않은 일들을 했습니다."

하이로드가 몸을 일으킨다. 퓨어세인트는 피식 웃으며 손을 움직였다. 꽃밭에 솟구친 의자 위에 앉으면서, 퓨어세인트는 하이로드에게 자리를 권했다.

"인정할 수밖에 없는 말이지만, 오랜만에 만나서 하는 말치고는 정이 없지 않나요?"

그 말에 하이로드는 피식 웃는다. 사도와 강신을 통해서는 자주 보았지만, 이렇게 퓨어세인트의 본신을 보는 것은 수년 만이다.

저걸 본신이라고 해야 할지는 모르겠지만, 처음 어비스에서 보았을 적에도 퓨어세인트는 저런 모습이었다.

"이거 실례. 오랜만입니다, 퓨어세인트. 당신은 여전히 아름답군요."

그 말에 퓨어세인트는 빙긋 웃었다.

그녀는 맞은편에 앉은 하이로드를 응시했다. 저 잘난 관측자 나으리가 아까 본 것을 어떻게 이해했을지. 그것이 궁금해 견딜 수 없었지만, 대뜸 그것을 지적해서는 안 된다.

"하지만 퓨어세인트. 이해해 주기를 바랍니다. 아까의 당신은……. 정말로 당신답지 않았어요. 그건 당신도 알고 있겠죠."

"예, 물론. 추태를 보여 버렸어요. 하지만…… 누구나, 어쩔 수 없는 것이 있기는 마련이죠."

퓨어세인트는 씁쓸한 미소를 지으며 말했다.

어쩔 수 없는 것. 하이로드는 그 말에 주목했다.

사도가 세 명이었다. 그것뿐이라면 몰라도, 머지않은 곳에 백현과 마룡왕이 있었다. 그들은 퓨어세인트에게 명확한 적의를 가지고 있으니, 퓨어세인트가 나선다면 즉시 개입해 올 것이 분명했다.

퓨어세인트는 어리석지 않다. 어비스에 왔을 적부터 그녀는 지독할 정도로 이성적이고 냉정했다.

그만큼이나 했으면 정이 들 법도 한데, 퓨어세인트는 흑장미여왕을 배신하는 것을 망설이지 않았다.

퓨어세인트가 혼돈의 근원에 바라는 것이 정확히 무엇인지는 하이로드도 알 수는 없었으나, 이것 하나만은 분명했다.

퓨어세인트는 어비스의 그 어떤 신격보다도 혼돈의 근원을 간절히 갈망하고 있었고, 그를 위해서라면 그 어떤 추악한 짓도 죄책감 없이 저지를 것이다.

그런 퓨어세인트에게 어쩔 수 없는 것. 혼돈의 근원만큼이나 간절한 것……. 친구.

하이로드의 표정은 바뀌지 않는다. 그는 퓨어세인트를 물끄러미 보며 물었다.

"누구에게나 어쩔 수 없는 것이 있다……. 이해합니다. 하지만 너무 무모했어요. 제게 도움을 청할 수도 있었을 텐데."

"이건 저 자신의 문제였어요. 하이로드, 당신의 뜻은 고맙지만…… 당신에게 도움을 청할 수 없는 문제였습니다."

"저를 신뢰하지 못하는 겁니까?"

"당신을 신뢰하지 못한다면 지금 이 자리에 당신이 강신하는 것을 허락하지도 않았겠죠. 하이로드, 당신은 저를 잘 알고 있잖아요?"

퓨어세인트는 방긋 웃었다.

"처음 당신을 만났을 때부터. 나는 당신을 신뢰하고 있었습니다. 혼돈의 근원에 욕심을 갖지 않는 당신은 그를 두고서 벌어지는 아귀다툼을 '보고' 싶어 했죠. 그리고 그 다툼이 어떻게 끝나는지 말이에요. 그런 당신이라면 절대로 절 배신하지 않습니다. 그렇지 않습니까?"

말에 뼈가 있어.

하이로드는 빙긋이 웃었다.

"물론입니다. 전 당신을 배신하지 않습니다. 애당초 우리 관계란 배신이란 것이 철저히 배제되어 있어요. 조건 없는 신뢰만으로 구축된 것이죠."

세상에 그런 관계가 어디 있단 말인가? 신격이라 해도 다를 것 없다. 배신이 필요하다면 배신해야 한다.

그것은 결코 추악한 짓이 아니다. 당연한 처세일 뿐이다.

퓨어세인트는 신뢰에 대해 말했다. 그 말은 모순이다. 방금, 퓨어세인트는 확실하게 '선'을 그었다.

만약 퓨어세인트가 정말로 하이로드를 신뢰한다면, 자신의 '어쩔 수 없는 것'일지라도 하이로드에게 공개하고 도움을 청했을 것이다. 하지만 퓨어세인트는 그렇게 말하지 않았다. 결국 신뢰를 운운하며 대화의 주제를 흩뜨렸을 뿐.

퓨어세인트와 하이로드의 관계는 신뢰로 이루어진 것이 아니다. 서로의 필요에 의해 이루어진 것. 그러니 배신이랄 것도 없다.

"자, 그럼. 퓨어세인트, 이제는 어쩔 셈입니까?"

"드레이브를 보냈습니다. 그가 얼마나 많은 '적'을 끌어낼지는 모르겠지만. 아마 마룡왕은 움직일 겁니다."

퓨어세인트는 나긋한 목소리로 말했다.

"마룡왕은 현명해요. 가진 힘에 비해 손색이 없을 정도로 현명하고, 신중하죠. 우리의 성역이 이 세상에 옮겨지기는 했지만, 마룡왕은 결코 우리 성역으로 뛰어들지 않을 겁니다."

혈사자와 천존이 증명하지 않았나. 혈사자는 누구나 인정하는 대신격이었고, 천존은 누구나 무시하는 신격이다.

둘이 진짜로 서로를 죽이려 든다면, 혈사자가 천존을 짓뭉개는 것에는 몇 분의 시간도 소요되지 않을 것이다.

하지만 그 오만함에 혈사자는 천존의 성역까지 쳐들어갔고, 고배를 마시며 후퇴해야 했다.

"그녀는 결코 그런 우를 범하지 않을 겁니다. 그렇다고 가만히 있을 위인도 아니죠. 이 거대한 세상은 마룡왕에게 커다란 놀이터와 같은 곳이에요.

마룡왕이 드레이브를 쉽게 쫓을 수는 없겠지만, 그녀는 세상을 돌아볼 겸 반드시 드레이브를 쫓을 겁니다."

"드레이브는 죽을 겁니다."

그리 말하는 것에는 아무 고민도 필요 없었다.

퓨어세인트가 드레이브에게 달아준 날개. 그것은 마룡왕도 쉬이 쫓을 수 없는 최속을 부여해 줄 것이다. 하지만 결국 드레이브는 마룡왕에게 붙잡힐 수밖에 없다.

"제 사도는 그 죽음을 기쁘게 받아들일 겁니다. 죽음이 끝이 아님을 아니까요. 그는 제 천국에서의 생환을 꿈꾸며, 절 위해 죽을 겁니다."

"죽음 자체에 의미가 있는 겁니까?"

"히어로 영화, 좋아하시나요?"

갑자기? 그 뜬금없는 질문에 하이로드가 눈을 동그랗게 떴다.

"저는 꽤 좋아한답니다. 보기도 어렵지 않고, 이해하기도 쉽고. 이입할 수 있는 대상도 명확하잖아요."

대부분의 히어로 영화는, 당연히 히어로가 주인공이다. 관객이 이입하는 대상도 대부분 히어로가 된다.

그 종류가 워낙 다양한 만큼 히어로의 군상도 제각각이고,

때로는 악당처럼 보이는 히어로도 있지만. 결국 영화의 주인 공은 히어로이며, 악당이 적이다. 악당은 어떤 식으로든 히어로를 위협하고, 고난을 주며, 결국에는 히어로에게 쓰러진다.

관객은 고난과 불행을 겪는 히어로를 응원하고, 히어로가 승리하는 것에 환호한다.

"아까와는 달라요, 하이로드. '적'이 바뀌기는 했지만, 드레이브의 죽음은 제 의도랍니다."

사실 퓨어세인트가 처음에 상정했던 '적'은 마룡왕이 아닌 백현이었다. 그것을 위해 굳이 드레이브에게 영화까지 찍게 만들었다. 종교 영화의 색이 강하기는 하지만, 드레이브가 찍어전 세계적으로 흥행했던 영화도 결국은 히어로 영화였다.

"하이로드, 당신은 어쩔 셈이죠?"

하이로드는 갑자기 히어로 영화를 들먹이며, 드레이브가 죽는 것이 의도라고 말하는 퓨어세인트의 뜻을 온전히 이해하지는 못했다. 그렇다고 이쪽을 향한 질문을 무시할 수는 없었다.

"지구에서 이렇게까지 일이 커진 이상, 리셀…… 아니, 위치엔드도 틀림없이 이곳에 나타날 겁니다. 그렇다면 그녀를 맞이할 준비를 해야겠죠. 빼앗긴 것도 되찾아야 하고 말입니다."

"아아, 오라클. 상황이 이렇게까지 되었으니 앞으로도 반드시 필요한 권능이죠."

잘난 엘프족의 선지자는 이해하지 못하겠지. 퓨어세인트는 빙긋 웃으며 생각했다.

관측자를 표방하는 하이로드의 실체는 결국 엘프의 관념을 벗어나지 못했다. 긴 세월을 살아가는 엘프족은 세상에 나서지 않고 숲속에서 자신들의 문화와 종족을 수호하며, 숲을 가꾸는 것에 열중한다.

그곳에서 태어나 선지자로 불린 하이로드는, 결국에는 별종 엘프일 뿐이다. 엘프답게 세상에 나서지 않으면서, 그럼에도 세상을 내려보고 싶어 하던 엘프.

아무리 엘프의 오랜 지식을 습득하고 마법에 정통해 선지자에서 신격이 되었다지만, 그게 전부다. 관측자 놀이에 심취하고 제 지식이 뛰어나다 믿는다. 겪어본 것보다는 '알고 있는 것'을 숭배한다.

"그럼, 서로 원하는 것을 이루기를 바라야겠군요."

퓨어세인트는 방긋 웃으며 손을 건넸다. 하이로드는 마주 웃으면서 퓨어세인트의 손을 잡았다.

넌 거짓말쟁이다. 하이로드는 퓨어세인트의 손을 잡으며 생각했다.

마신을 끌어들인 것으로 퓨어세인트는 하이로드의 통제에서 아득히 벗어났다. 그럼에도 묵인했다. 아직 확신이 부족했기 때문이다. 하지만, 오늘로서 하이로드는 확신을 얻었다.

퓨어세인트의 역린.

'어쩔 수 없다'라고 말하며, 여태까지와는 전혀 다른 태도로 무리해서 개입했다. 그렇게까지 해서라도 손에 넣고 싶은 것이 그곳에 있기 때문이었겠지.

유일한 약점. 지워낼 수 없다면 손에 닿는 곳- 절대적으로 안전한 곳에 숨겨두고 싶었을 테니까.

'찾았다.'

퓨어세인트와 협력한 것은, 그녀의 역린인 유일한 약점을 알고 있기 때문이었다.

역린을 알고 있으면서도 그것을 '어떻게' 찔러야 할지는 알지 못했다. 하지만 오늘로써 알게 되었다. 퓨어세인트를 찌를 비수가 무엇인지.

비수는 알았다. 이제는 이것을 어떻게 활용할까…….

퓨어세인트에게 건네줄 생각은 없다. 다행히, 줄을 바꿔 잡을 생각이 없냐는 권유는 이미 들어두었다.

퓨어세인트와의 관계를 파탄 내는 것이 배신이란 생각은 하지 않지만, 바꿔 잡은 줄에 이미 매달린 자들은 그렇게 생각해 주지 않겠지.

빼앗을 필요도 없다. 그들은 이미 퓨어세인트의 역린을 찌를 수 있는 비수를 가지고 있으니, 그걸 어찌 사용하면 될지 알려주기만 하면 된다.

'좋은 선물이 될 거야.'

"예, 그래야겠죠. 히어로 영화……. 하하! 그다지 취미가 아니라 본 적이 없었는데, 한번 봐야겠습니다."

"드레이브의 영화는 보지 마세요."

퓨어세인트는 싱긋 웃었다.

"그의 연기는 처참하거든요."

부디 꼭꼭 숨겨주세요.

그리고 내 앞으로 데려와 주세요.

퓨어세인트는 일어서는 하이로드가 돌아갈 수 있도록 문을 열어주었다.

"쫓아갈 거야?"

백현은 마룡왕의 등을 보며 물었다.

결계가 펼쳐져 있던 아마존의 중심은 군주들의 성역이 뒤섞여 버렸다. 조사단 헌터들은 그 광경을 넋 놓고 보다가, 뒤늦게 자신들이 소속된 국가에 이 상황을 전하고 있었다.

가히 장관이라 할 만했다. 백현이 한 번도 가본 적 없는 성역들도, 한 장소에 뒤섞여 있다. 저곳은 철혈궁. 저곳은 사굴……. 흑장미여왕의 로즈덤도 보인다. 퓨어세인트의 천국도, 보였다. 그 외의 성역은 백현이 모르는 곳이다.

그중에서 특이한 것은 혈사자의 무한전이었다. 무한전은 처음 보는 성역과 뒤섞여 있었는데, 아마 저것이 암막의 주인의 성역인 듯했다.

"그대는?"

마룡왕은 천천히 고개를 돌렸다. 오랜 복수를 이뤄서인지, 마룡왕의 표정은 후련해 보였다.

백현은 잠시 마룡왕을 쳐다보다가 어깨를 으쓱거렸다.

"죽여도 다시 살아나다니. 너무하잖아."

"그대도 한 번 죽었다가 살아나지 않았소."

마룡왕은 피식 웃으며 말했다.

"본녀는 쫓아가 볼 셈이오. 이리 나오게 되었으니, 이 세상을 한번 돌아보기도 할 겸. 창명만큼은 아니지만 퓨어세인트도 본녀에게 있어서는 복수의 대상이지. 저렇게 쫓아와 보라는 듯이 날아가는 것을 보니, 꼭 잡아 죽이고 싶소."

백현은 아무런 말도 하지 않고 마룡왕을 쳐다보았다.

그녀를 막아야 할까. 마룡왕은 너무 위험하다. 너무 강하다. 그녀는 무슨 짓을 벌일지 알 수 없는 이레귤러이자, 언제 터질지 모르는 폭탄이다. 그런 그녀가 세상에 나가도록 방관하는 것이 옳은 일일까.

"그대가 부탁한다면."

마룡왕은 백현을 빤히 보며 말했다.

"본녀는 가지 않을 것이오. 사도를 잡아 죽인다고 퓨어세인트를 어찌할 수는 없을 터이니 말이오. 물론, 이곳에 남는다고 해서 무턱대고 퓨어세인트에게 쳐들어가는 어리석은 짓은 하지 않을 테지만."

"……아니, 막을 생각은 없어."

백현은 피식 웃으며 말했다. 그러자 마룡왕이 마주 웃었다.

"왜. 본녀에게 부탁하는 것이 자존심이 상하는 게요?"

"아니, 그렇지는 않아. 네 기분을 가로막고 싶지 않을 뿐이지."

저 멀리 사라진 드레이브의 모습은 보이지 않는다. 하지만 마룡왕의 속도라면, 금세 보일 정도까지 쫓아갈 것이다.

"그래도…… 부탁, 부탁이라. 가급적이면……."

"아니."

마룡왕은 짓궂은 미소를 지었다.

"야화, 라고 부르면서 부탁해 주시오. 부탁이라고 생각하지 말고, 편하게 말해보시오. 그대가 그리 말하는 것을 듣고 싶소."

백현은 눈을 끔벅거리며 마룡왕을 보았다.

왜 굳이? 라는 생각이 들기는 했지만, 백현은 헛기침을 하며 말했다.

"……야화. 죽인다면 드레이브만 죽였으면 좋겠어."

"살계를 완전히 열지 말라는 말이로군."

마룡왕은 큭큭 웃으며 고개를 끄덕거렸다.

"본녀는 약자를 핍박하는 것을 좋아하지 않소. 그대의 부탁을 들어주지 못할 것은 없지. 다만, 이건 말해야겠소. 약자들이 주제도 모르고 본녀를 모욕하려 든다면, 흠. 죽이지는 않고……. 그래. 겁을 주도록 하지."

마룡왕은 그렇게 말하며 성큼거리며 백현에게 다가왔다. 마룡왕은 묘한 감정이 섞인 눈으로 백현을 응시하며 말했다.

"그리 말하는 것보다는 그대가 함께 가는 것이 좋을 텐데."

"그러고는 싶지만, 나도 할 일이 남아서."

서민식과 발렌시아는 저곳에 섞인 성역으로 향했다. 백현도 우선 철혈궁과 사굴, 로즈덤에 들러 볼 생각이었다.

그러기 전에 악몽의 결정자의 성역에도 가볼 생각이다. 그녀가 직접 초대까지 해주었으니 말이다.

"그렇다면 어쩔 수 없군."

마룡왕은 그렇게 말하고서 백현을 향해 휙 고개를 기울였다. 백현은 움찔하고 반걸음 뒤로 물러섰다. 하지만 마룡왕은 완전히 가까워지지 않았다. 숨결이 닿는 정도의 거리. 그것이 마룡왕이 멈춘 거리였다.

마룡왕은 동그랗게 떠진 백현의 눈을 보며 빙긋 웃었다.

"그거 아시오? 그대가 놀라서, 눈이 동그래졌을 때. 마치 토끼처럼 보인다오."

"……뭐?"

"본녀는 그걸 보는 게 꽤나 즐겁소. 그리고……. 그대에게는 좋은 냄새가 나. 그대의 체취와는 다른 냄새가 섞이기는 했지만, 그래도. 좋은 냄새."

시트러스.

마룡왕은 그 냄새가 사라의 것임을 알았다. 그걸 생각하니, 조금, 아주 조금. 기분이 고양되는 것 같았다.

"계속 맡고 싶지만, 더 있다가는 놈을 놓칠지도 모르겠어."

마룡왕은 그렇게 중얼거리며 몸을 돌렸다.

[거짓말.]

검무희가 키득거렸다.

[당신의 눈이 놓칠 리가 없잖아요.]

'부끄럽게 만들지 마시오.'

마룡왕은 검무희의 놀림을 묵살하며 위로 치솟았다.

'아직 어찌 될지 모르는 것이니, 마음에 휘둘리고 싶지 않은 게요.'

마룡왕은 여전히 놀란 토끼처럼 이쪽을 올려보는 백현을 내려보다가, 고개를 돌려 드레이브가 멀어진 곳을 보았다.

'본녀는 아직 혼돈의 근원을 탐하오.'

마룡왕의 몸이 가속했다.

'그것을 완전히 손에 넣기 전에는, 안 돼. 후회하고 싶지 않으니까.'

마룡왕의 표정이 가라앉았다.

언젠가 백현과 싸워야 할지 모른다. 마음에 너무 휘둘렸다가는, 그 상황에서- 진심으로 백현을 죽일 수 없을 것이다.

그리고 만약 죽이게 되더라도. 틀림없이 후회하겠지.

"지금으로서는 이 정도의 거리가 알맞소."

숨결이 닿고, 냄새를 맡을 수 있는 거리.

마룡왕은 작은 소리로 중얼거렸다.

To Be Continued